赤レンガの御庭番《エージェント》

三木笙子

講談社
タイガ

イラスト――須田彩加
デザイン――大岡喜直（next door design）

目次

第一話　不老不死の霊薬 …… 7
第二話　皇太子の切手 …… 68
第三話　港の青年 …… 122
第四話　My Heart Will Go On …… 189

赤レンガの御庭番《エージェント》

第一話　不老不死の霊薬

「先生、帰りましょう」

何度言っても、明彦《あきひこ》は聞こえぬふりで歩いていく。

中折れ帽をかぶった背広の後ろ姿を早くも見失いかけたので、文弥《ふみや》は慌ててその後を追った。

「先生」

海岸通りに出ると、さらに霧が濃くなった。

海から吹く風に白い塊《かたまり》がゆっくりと流れている。

桟橋に係留されているはずの船は、いつもなら辺りを睥睨《へいげい》するようにしてその偉容を誇っているが、今は白く塗りこめられて、その姿を見ることもできない。

遠くから霧笛が聞こえていた。

その余韻が消えぬうちに、また次の霧笛が闇《やみ》を震わせ始める。

時おりすれ違う人が、霧の向こうから現れては消えていくのを眺《なが》めていると、人の心を遠くへ誘うような霧笛のせいもあって、異界に足を踏み入れたような心持ちがする。

詰め襟の上着を着ていても、ひんやりとした空気が首筋から這《は》い下りてくるような気がした。

「先生、危ないですよ」

主人の我儘《わがまま》は今に始まったことではないが、こうも視界が悪いと、海に落ちやしないか、馬車にひかれはしないかと心配になってくる。

思わず口に出して言うと、明彦はふっと笑った。

「お前は本当に田鶴《たづ》とそっくりだよ」

母親の名前を出されて、文弥は一瞬、鼻白《はなじろ》んだが、気を取り直して言った。

「でしたら、僕の言うことは母の言葉だと思って聞いてください」

途端に明彦が笑い出した。

「少年の乳母とは前代未聞だね」

言っても聞かぬと諦《あきら》めて、文弥はせめて盾《たて》になろうと、明彦の前に立って歩き始めた。

「先生は何が楽しくてこんな夜歩きをなさっているんですか」

米国から戻ってきた明彦は横濱《よこはま》へやって来ると、早速、探偵事務所の看板を掲げた。横濱の宿泊施設は二百以上あるが、西洋ホテルは十五軒程度で、明彦が選んだのは旧居留地にある西洋式の「ファーイーストホテル」である。

そして、それまで「明彦様」と呼んでいた文弥も、今は「先生」と呼ぶように強制されていた。

「もしかして、何か事件をお調べになっているとか」

「いや」

「散歩でしたら、晴れた日にしませんか。眺めもいいですよ」

「見えないからこそいいってことが、お前には分からないかな」

明彦の大きな手が文弥の肩に置かれた。

「醜《みにく》いものがおおい隠されて、すべてを見ずにすむという素晴らしさがね」

首をかしげた文弥の耳に、白い夜を切り裂くようにして、吠《ほ》えるような怒鳴《どな》り声と荒々しい足音が聞こえてきた。

「誰かが追われているようだね」

明彦がそう言ったときだった。

霧の向こうから、ふいに女が姿を現した。

——異界の女だ。

文弥がそう思ったほど、女は美しかった。

身体《からだ》にぴったりとした異国の服を着て、高く結いあげた髪に牡丹《ぼたん》の髪飾りを挿している。

驚いて立ち止まったらしい女は、黒く濡《ぬ》れた目で明彦をじっと見つめた。

「お困りですか」

だが、明彦は場の状況に頓着《とんちゃく》せず、いつもの調子で話しかけた。

女は白いあごを引いてうなずいた。

「ではこちらへどうぞ」

明彦は両手を広げて女を抱き寄せると、素早く髪飾りを引き抜いた。

「お前、少し離れていなさい」

明彦が文弥に向かって髪飾りを投げ、女の髪を下ろしたのと、人相の悪い男たちが追いついたのはほとんど同時だった。

「おい、あんた」

頬《ほお》に傷のある男が唸《うな》るような声を上げたが、明彦といえばどこ吹く風で、抱きこんだ女の耳元に唇《くちびる》を寄せて、何事かささやいている。

明彦を取り囲んだ男たちも、さすがに毒気を抜かれたのか、目のやり場に困っているようだった。

頬傷の男は舌打ちしつつも、再び明彦に向かって言った。

「色男の兄ちゃんよ。せっかくのところすまねえんだが、こっちに女が逃げてこなかったかい」

明彦はけだるそうに顔を上げて言った。

「霧でよく見えませんでしたが、誰かが向こうに走っていきましたよ」

「そうかい、邪魔したな」

頬傷の男が駆け出すと、他《ほか》の男たちも後に続いた。

足音がすっかり聞こえなくなってから、明彦はようやく女を解放した。

「大変に名残惜《なごりお》しいですが……」

「助かったわ」

低く落ち着いた声でそう言った女の腕を、明彦は再び捕らえた。

「放して」

「名前を教えてくれたら放して差し上げます」

女は目が合うことを恐れるようにうつむいたままでいた。

「貴方《あなた》に迷惑がかかってしまうから――」

「望むところです」

そのとき、またもや霧の向こうから荒々しい声が聞こえてきた。

明彦がそちらに注意を向けた刹那《せつな》、女は明彦の手を振りほどくと、あっという間に姿を消してしまった。

「残念でしたね」

文弥は皮肉たっぷりにそう言うと、明彦に髪飾りを差し出した。

「戦利品はこれだけか」

「どうしてわざわざ女性に言い寄るような真似《まね》をなさるんですか」

昔から明彦はいつも女性に取り囲まれていたが、洋行したせいか、さらに拍車がかかったように思える。

放っておいても寄ってくるのだから、自ら行動を起こしてほしくなかった。

「誤解だよ、文弥。名前を訊《き》いただけだ」

明彦が髪飾りをもてあそびながら言った。

「名前を訊いてどうするおつもりですか」

「友人になる」

「友人になって、それから？」

明彦が大げさに肩をすくめてみせた。

「お前、子どものくせに、そんなに先を焦ってどうするんだい。がつがつしている男は嫌われるよ」

文弥が拳《こぶし》を握り締めて肩を震わせたとき、霧の向こうから騒がしい酔っぱらいの一団が現れた。

明彦はひとつため息をつくと「帰ろう」と言った。

「先ほどの方は堅気とは思えませんでしたが」

「確かにお前の言う通りだ」

明彦は大きくうなずいた。

「探偵を始めてよかったよ。あの人が人目をはばかる商売なら、もう一度会えるかもしれない」

上機嫌の明彦を見て、文弥はうんざりした。

「探偵業は順調のようだね」

初老の男は応接室に入るなり、親しげにそう言った。

横濱税関長の本橋主税《もとはしちから》は入江《いりえ》明彦の義理の叔父である。

外国船の船長と並んでも見劣《みおと》りがしない堂々とした体軀《たいく》の持ち主で、いつ会っても爽《さわ》やかな雰囲気を漂わせている紳士だった。

「おかげさまで」

応接室には午後の明るい光が溢《あふ》れ、いくつもの硝子瓶《ガラスびん》が並んだ飾り棚が眩《まぶ》しく輝いている。

ホテルの三階にある、三室が扉でつながった部屋を借りた明彦は、中央のもっとも広い部屋を応接室とし、両脇をそれぞれ自分の部屋と文弥の部屋に振り分けた。

二人がモロッコ革張りの椅子《いす》に向かい合って腰を下ろすと、文弥はお茶を並べた後、かたわらに控《ひか》えた。

「君が米国へ行ったのは経営学を修めるためだと聞いていたが……」

「最初はそのつもりでした」

「探偵会社に入り浸りだったと聞いたよ」

「やはり義母の影響ではないでしょうか」

明彦の義母は八代将軍吉宗《よしむね》が紀伊《きい》藩から連れてきて御庭番とした家の出身だった。

御庭番とは将軍の目となり耳となった直属の情報機関である。

明彦は子どもの頃から義母の生家の話を聞いて育った。

かつて、お役目については家族にも言ってはならぬ掟《おきて》だったというが、時代は大きく変わっていた。

義母の父や祖父が変装してとある藩に侵入したとか、評判の悪い旗本の行状を調べたとか、内容は多岐にわたり、そんな中で明彦は調査するという行為をごく自然に受け入れていったようである。

長じて米国のシカゴへ留学すると、勉強はそっちのけで探偵会社の手伝いばかりして過ごしたらしい。

徹夜で見張りをしたり、酒場で大乱闘に巻きこまれたりといった米国時代の思い出話を、文弥は明彦からいくつも聞かされた。

そして義父母の事故死を契機に帰国した明彦は、横濱へやって来るとホテルの部屋に探偵事務所を開いたのだった。

「しかし探偵などでなくても――」

本橋が眉《まゆ》をひそめた。

探偵の中には脅迫者まがいの者もいて、世間ではあまり評判が良くない。

「協調性に欠けるものですから、ひとりでやりたいのです」

「君は独立不羈《ふき》でいて、他人ともうまくやれる人間だよ」

「叔父様は私を過大評価していますよ」

明彦は苦笑いを浮かべたが、すぐ真顔になると言った。

「正直に申し上げますと、自分と同じくらいの能力の人間でなければ一緒にやりたくないのです」

「ま、気持ちは分かるよ」

本橋は何度も小さくうなずいた。

「いずれにしろ、君の探偵業は順調のようだね。私があちらこちらの集まりに顔を出すと、奥方連は決まって君の噂《うわさ》ばかりしているよ。美男の探偵がいるとね」

「最近は用心棒の真似事もしています」

「何だね、それは」

いぶかしそうな顔をした本橋に、明彦が真面目《まじめ》くさって答えた。

「不審な男につきまとわれていて外出もままならないので、一緒についてきてほしいといったお話をいただくのです。実際には、買い物をしてお茶を飲み、お屋敷に送り届けるだけなのですが」

「呆《あき》れた話だね」

「美男の定めです」

明彦が笑って茶碗《ちゃわん》と受け皿を置いた。

「ところで今日はどんな御用でしょうか」

「ああ、そうだった」

本橋が声をひそめた。

「近頃、この横濱に不老不死の薬が出回っているらしい」

「寺も教会も暖簾《のれん》を下ろすしかありませんね」

「今のところ、坊さんから苦情は来ていないが――」

「その有り難い薬はどこで売っているのでしょう」

「薬局では見たことがないよ」

義理の叔父と甥《おい》の冗談のような応酬を聞いて、文弥は額を押さえた。

「秦《しん》の始皇帝でさえ追い求めた霊薬ともなれば、さぞ値が張るのでしょうね」

「有閑の婦人たちが父親や夫の稼いだ金を蕩尽《とうじん》するだけなら問題はないが、まずもってその薬の成分が疑わしい」

「阿片《あへん》を疑っていらっしゃいますか」

本橋がうなずいた。

「そしてその金が『灯台』に流れこんでいる」

「開港時から横濱の裏社会を牛耳《ぎゅうじ》る犯罪者組織、でしたか。何でも首領は絶世の美女とか」

「横濱税関長代々の引き継ぎ事項だよ。横濱実業界の長老でいらっしゃる楠 翁《くすのきおう》も強い関心を寄せている。君は信じていないようだが」

「そういうわけではありませんが──」

明彦が叔父をなだめるように笑った。

「どうにも芝居がかって聞こえるものですから。司法省の『犯罪人異同識別取調会』会員のおひとりで、日本の捜査水準を引き上げようとなさっている叔父様らしからぬ気がします」

「現実とは得てしてそういうものだよ」

「ですが、どうして私にそんな薬の話を?」

「上流婦人たちが関《かか》わっているとなると、武骨な男たちに任せるわけにはいかなくてね。糸切り鋏《ばさみ》で慎重に切ってくれと頼んでも、まさかりを振り回すような連中だ」

「そのやり方、嫌いではありません」

きっぱりとそう言った明彦を見て、本橋は文弥に視線を移した。

「文弥。明彦がまさかりを持ったら全力で止めたまえ」

「心得ております」

「冗談ですよ、叔父様。まったく文弥まで」

疑わしそうな視線を向けられて明彦が肩をすくめた。

「そっと調べて、何もなかったかのように解決せよということでしょう。ちゃんと分かっておりますから、詳しい話をお聞かせください」

不老不死の薬を扱っていると噂されているのは、とある理容館だという。

「明彦は理容館というものを知っているかい」

「美顔術を施す店でしょう。顔に何やら塗りたくって、電気を通すと肌が綺麗《きれい》になるとか」

「私の知人の代議士も上得意でね。役者も来るそうだ。男性であっても、人前に出なければならない職業は大変だね」

「その理容館が横濱にも進出したのですか」

「ああ。今年の初めと聞いている」

白木《しらき》理容館は馬車道《ばしゃみち》のそばにある薬屋の二階を借りて開業した。

館主は白木すみという女性で、経営者であるからにはそれなりの年齢と思われたが、外見は女学校に通っている学生にしか見えないという。

実際、「日々が勉強」と言って、矢絣《やがすり》模様の紬《つむぎ》の着物に海老茶《えびちゃ》色の袴《はかま》姿で店に立ち、その可憐《かれん》な姿から、「白木」ならぬ「白百合《しらゆり》理容館」とも称されているらしい。

「美しい方なのでしょうね」

「そういった評判だね」

明彦の言葉に本橋がうなずいた。

「そんな美女が怪しげな薬を？」

「容姿と内面は何の関係もないよ」

「叔父様も苦労なさっていますね」

「余計なことは言わないでよろしい」

本橋が咳払《せきばら》いをして説明を続けた。

「白木理容館は開店直後からかなりの評判を取ったそうでね。美しさを保《たも》つために費用を惜しまない富裕な女性たちが押しかけて、一種の社交場のごとき様相を呈《てい》しているらしい」

薬を売りさばくには格好の場所であるといえた。

「しかし、館主がいかに若々しく見えるとしても、それだけで不老不死の薬が本物だと信じるでしょうか」

君の言う通りだ、と本橋が言った。

「オリエンタルホテルにウィリアム・イヴンスという米国人の医者が長逗留《ながとうりゅう》している。といっても、今は引退してしまって診療はしていないそうだがね」

金払いがよく、部屋の掃除は連れてきた従僕にやらせるという具合で、ホテルにとっては有り難い客らしいが、この男が噂の出所だという。

「どういった素性の男ですか」

「有名人だよ」

明治初年のことである。

ウィリアム・イヴンスは、鉄道建設にあたる外国人技術者を治療するために、工部省が雇い入れた二人の医師のうちのひとりだった。

任期が終わると、彼らはそれぞれ横濱で開業した。

腕の良い二人の元には、日本人も含めて患者が押しかけたが、明るいイヴンスはとりわけ人気があった。

どんなときも嫌な顔ひとつしないで治療してやり、貧しい者からは治療費を受け取らず、語学の才能も豊かであったのか、たちまち日本語を覚え、気軽に往診に駆け回る若き医師を誰もが敬愛した。

もうひとりの医師はロバート・ミラーといったが、奇《く》しくもこの二人は昔馴染《むかしなじ》みだった。

別々の大学に入り、同じように医師になったとはいえ、異なる道を歩んできた二人が、開国したばかりの極東の島国で顔を合わせたのである。

ミラーも腕の良い医者だったが、熊《くま》のように大柄な上に無口な性格で、患者からは恐れられてもいた。

ミラーが開業したばかりの頃は、美しい妹が兄を助けて医院を切り盛りし、いずれイヴンスと結婚するのではないかと噂されていたが、二年ほどして帰国した。

横濱に暮らして十年あまり、故国で暮らしていたたったひとりの弟が病気であるとの知らせを受けたイヴンスが横濱を離れる日は、鎌倉《かまくら》へ引っ越したばかりのミラーは姿を見せなかったものの、見送りの群衆がいつまでも船に向かって手を振り続けたという。

今から約三十年も前の話である。

「私に話を聞かせてくれた老婦人は、話しながら目に涙を浮かべていたよ。この人も助けてもらった、あの人も助けてもらったと指折り数えながらね。古くから横濱に住む人間にとって、イヴンスの名は今も魔法のような力を持っているらしい」

「欠点などひとつもないと？」

「弱点すら愛させてこそ真の人気者といえるだろうが、イヴンス医師にはひとつだけ変わった点があってね」

「何ですか」

「それは後で話そう」

長い間、日本を離れていたイヴンスだったが、「愛した日本をもう一度見たい」と、先頃、従僕とともに横濱へ戻ってきていた。

「私の知人で緒川《おがわ》という男が、たまたまイヴンス医師と同じ船に乗っていてね。陽気で感じのいい男だったそうだよ」

長い船旅で女性や小さな子どもが飽きてしまうだろうからと、客の中から有志を募《つの》り、簡単な芝居を上演したそうだが、イヴンスは率先して関わっていたという。

「どんなお芝居をやったのでしょう」

「イヴンス医師の発案でグリム兄弟の『白雪姫』だ。ご婦人から装身具を借りたり、小道具を作ったりしてかなり本格的な舞台に仕上がったらしい」

イヴンスの従僕はマーティンといい、陰気で瘦《や》せぎすの男だった。緒川は手先が器用なので小道具作りに参加したのだが、マーティンも細かい作業が得意らしかった。

だが、その骨ばった手にはいくつもの火傷痕《やけどあと》があり、緒川の視線に気づいたマーティンはぶっきらぼうに「マグニージアム」とだけ答えたという。

天候にも恵まれ、船旅は順調に続き、イヴンスは再び横濱に降り立った。

快活な青年医師も、今ではすっかり白髪になっていたが、古くからの横濱の住人たちは、まぶしそうに細められた青い目を見て、すぐに彼だと分かったらしく、杖《つえ》をつきながら海を眺めていたイヴンスのまわりにはたちまち人垣ができた。

イヴンスのほうも、横濱にいた頃にやり取りした手紙や撮った写真をわざわざ持ってきていた。

ホテルがあまりいい顔をしないからと、部屋に昔馴染みを入れることはしなかったが、近くにあるカフェや知人宅に出かけては、思い出話に花を咲かせているという。

「横濱を忘れかねて」と、帰国した後も日本人を見つけては会話の練習を欠かさなかったそうで、今も流暢《りゅうちょう》に日本語を話した。

「そのイヴンス医師が、白木すみは不老不死の薬を持っていると断言したのですか」

「いや。それにはもうひとつ話がある」

イヴンスがある集まりに招かれたときのことである。

かつては横濱を縦横無尽に駆け回っていた情熱家の若き医師も「足が弱った」と言って散歩をするのもホテルの周辺や海岸通りに限られていたが、その日は昵懇《じっこん》だった織田八重《おだやえ》という婦人に招かれて、本牧《ほんもく》へと足を向けた。

横濱でも指折りの輸入商である織田商会の先代夫人であった八重は、現在は洋館で気ままなひとり暮らしをしていた。

「ところで先ほど話したイヴンス医師の『変わった点』だがね」

この米国人医師は鏡を極端に嫌っていたという。

明彦と文弥が揃《そろ》って暖炉《だんろ》の上に目をやった。

色大理石の暖炉の上には、華麗な浮き彫りに縁取られた大きな鏡が掛けられている。

「そう、あれだ。手鏡程度の小さな物から、そこにあるような大きな鏡まで、家に一枚の鏡もなかったそうだ」

「何故《なぜ》、鏡を?」

「それは頑として言わなかったらしい」

「しかし、鏡がないと不便でしょう」

「本人は『慣れている』と言っていたそうだ。つまり長い間、鏡を嫌っていたせいで、鏡がなくてもうまく身だしなみを整えることができるようになっていたんだろうね」

「しかしそうなると、織田家はイヴンス医師にとって鬼門では?」

「君の言う通りだよ」

織田商会は高級品の輸入で知られていたが、特に鏡の取り扱いで有名だった。

そのため、屋敷の中には見本品として世界各国から集められた鏡が飾られていたが、イヴンスが来る日だけは二階の一室にすべて押しこめられたという。

それだけでなく、洗面所にある鏡や衣装戸棚の扉の裏に取りつけてある鏡にまで布をかけたというから徹底している。

「それにしてもおかしな話ですね」

明彦が考えこみながら言った。

「鏡嫌いのことかね？」

「いえ。——恐らく、私の考え過ぎでしょう。先を続けていただけますか」

さて、その夜のことである。

下見板張りの二階家には、すでに多くの人々が集まり、開け放たれた鎧戸《よろいど》からは、眩しい灯《あか》りが庭の芝生にこぼれていた。

優れた医者は患者の話によく耳を傾けるものだが、イヴンスもやはり聞き上手で、かつての知人たちに取り囲まれながら、昔話を楽しそうに聞いていたという。

そこへ、扉を開いてひとりの若い日本人女性が姿を見せた。

庇髪《ひさしがみ》に袴姿という、いかにも女学生風の身なりをしている。

彼女の顔を見た途端、イヴンスは音を立てて立ち上がった。

部屋中の視線がイヴンスに集まったが、そんなことには頓着せず、イヴンスはふらふらとした足取りで彼女のほうへ近づくと、震える声で話しかけた。

「何かお捜しですか」

突然話しかけられて女性は驚いたようだったが、すぐ丸い顔に笑顔を浮かべて答えた。

「ご親切にありがとうございます。お守り袋を捜していたんですの。でもじきに見つかりますわ。何度なくしても必ず戻ってくるんです」

その答えを聞いたイヴンスの肩が震えた。

「貴女《あなた》はマツさんですか?」

女性は怪訝《けげん》な顔をしたが、首を横に振った。

「いいえ。私は白木すみと申します」

イヴンスは重ねて訊《たず》ねた。

「貴女のご親戚《しんせき》に石田《いしだ》マツという方はいらっしゃいませんか」

「おりませんが……」

年老いた異国の男にじっと見つめられて、すみはさすがに気味悪くなったのか、小声で「失礼します」と言ってその場を離れた。

すっかり顔色の変わったイヴンスを心配して、八重はイヴンスを自室へ連れていくと、強いお酒を勧めた。

むせながらも飲み干したイヴンスに、八重は言った。

白木すみは理容館を経営している女性で、今日の招待客に簡単な美顔術を施してもらうために呼んだのだ、と。

今なお好奇心旺盛《おうせい》な八重は、このところ流行《はや》りの美顔術師を呼ぶことで、集まった婦人たちをもてなそうと考えたのだった。

イヴンスは八重の説明を黙って聞いていたが、やがて静かに頭を振って言った。

「白木すみ？——いいえ、違います。彼女はマツさんです」

「マツさんというのは……」

訊ねた八重に、イヴンスはしばらく考えこんでいたが、やがて口を開いた。

工部省の雇用契約が切れ、イヴンスが医院を開業した頃、横濱に米国から来た女性教師の教える女学校があった。

急病の生徒を診《み》てやったのがきっかけで、イヴンスはその学校に出入りするようになったのだが、その中に、石田マツという名の日本人女性がいた。

ややして、イヴンスは彼女と挨拶《あいさつ》を交《か》わすようになったが、それも長くは続かなかった。

マツはふとしたことで患いつくと、そのまま眠るように亡くなってしまったからだ。

まだ十五歳だった。

八重は激しく動揺している旧知の医者をなだめるように言った。

石田マツが今も生きていたとしたら相応に年を重ねているだろうし、ましてやすでに亡くなっているのであれば同じ女性であるはずがない。

また、十五歳という年齢を思えばマツが亡くなる前に子を産んでいた可能性は低かった。

白木すみが知らぬだけで、生家が石田マツと遠縁であるか、恐らくは他人の空似であろう、と八重は言った。

しかしイヴンスは納得しなかった。

イヴンスが初めてマツと会ったとき、やはり先ほどと同じようにマツは何か捜しものをしていたという。

イヴンスは話しかけ、マツは答えた。

一言一句がまったく同じだった、とイヴンスは遠くを見るような目で言った。

しかし石田マツは亡くなっているのだ、と八重は繰り返した。

だが、その言葉にさえもイヴンスは首を横に振ると、両手を組んで祈るような姿勢を取り、周囲をはばかるような低い声で打ち明けた。

マツが亡くなったとき、歎《なげ》き悲しむ教師や学友の中で、マツの母親だけは穏《おだ》やかな表情を浮かべていたという。

娘が死んだというのに奇妙なことだと思っていたイヴンスに、マツの母親は言った。

娘は決して死んではいない。

娘にはある特別な薬を渡してあって、毎日飲むように言っていた。

それさえ飲んでいれば、人は決して年を取らず、死ぬこともない。

その薬は今も彼女を守っていて、今は死んでいるように見えるが、眠っているのと同じことで、やがて目を覚ますはずだ――。

そのときは、神をも恐れぬ悪魔の仕業だと思ったものの、日本を離れて長い年月が経《た》つうちに、そんなやり取りもすっかり忘れていた。

だが、白木すみと出会って、すぐにそのことを思い出したという。

石田マツはあのとき死んでいなかった。

そして今、名を変えた彼女は白木すみとして再び横濱の地に姿を現したのだ、とイヴンスは言い張った。

その頑《かたく》なな態度は、老齢になったがゆえとは思われず、八重は言った。

石田マツさんは先生にとって大切な方だったのですね、と。

イヴンスがおもむろに懐中時計を取り出してふたを開くと、中には写真が一枚収められていた。

ずっと肌身離さず持っていたものだ、とイヴンスは言った。

古い写真だったが、写っている二人の人物の顔形ははっきりと見て取ることができた。

ひとりは若きイヴンスで、八重の記憶にある通りの姿をしていたが、もうひとりの人物を見たとき、八重は思わず息を呑《の》んだ。

その女性は白木すみと瓜二《うりふた》つの顔をしていたのだ。

「さすがに怖くなった、と八重さんは言っていたよ」

本橋がそう言うと、明彦はくすりと笑った。

「叔父様は織田商会の先代夫人とも親しいのですか。五十代の半《なか》ばとうかがっておりますが、いまだに十分お美しくていらっしゃるとか」

「余計な詮索《せんさく》はしないでよろしい。横濱に隠然たる影響力をお持ちの方だから、立場上、敬意を持っておつきあいさせていただいているだけだ」

「申し訳ありません。下種《げす》の勘繰りでした」

「話を続けよう。八重さんはそれでも、白木すみが石田マツであるなどということは信じなかった。だが、こういったことはいつのまにか広まるものだし、何よりイヴンス医師のように名の知られている方の行動は、注目を集めずにはおかないのだよ」

白木理容館の真向かいは、長い間空き家だったのが、先頃、写真の展覧場に変わっていた。

東京を中心として写真倶楽部《くらぶ》がいくつも作られ、会員の撮影した作品の展示が行われるようになっていたが、ここではよりくつろいだ雰囲気で見てほしいと、建物の中に円卓と籐椅子《とういす》が置かれていた。

さらに、円卓の上の高台硝子器の中にはカステラロールやジャム入りのワッフルが並び、愛想《あいそ》の良い女性の給仕係が香り高いお茶まで淹《い》れてくれる。

そのため、目新しさも手伝って、有閑の婦人たちがひっきりなしに訪れているという。今やイヴンスは毎日ここへ足を運ぶようになっていた。

「青い目の爺《じい》さんが、昔の女によく似た若い女の尻《しり》を追いかけ回しているのでは、目立って仕方ないでしょうね」

明彦がしれっとして言うと、本橋が苦虫を嚙《か》み潰《つぶ》したような顔をした。

「口を慎《つつし》みなさい」

失礼しました、と言って明彦が肩をすくめた。

「叔父様のおかげで事の経緯はよく分かりましたが、いずれにしろ白木すみという女性に会わなければならないと思います。彼女の経歴はお調べになりましたか」

「今、進めさせているが、出身地は石田マツと同じだと聞いている」

明彦は目を見開くと、軽く口笛を吹いた。

白木理容館の住所を書き置いて本橋が帰った後、明彦は文弥とともにホテルを出て本《ほん》町《ちょう》通りへと足を向けた。

本町通りは役所や銀行が集中する横濱のメインストリートである。

広い通りを挟んで両側にレンガ造りの建物が並ぶ様は、異国の街を眼前にする思いがした。

明彦の後を追いながら文弥は言った。

「評判の店なのでしょう。突然うかがっても、白木さんとお話しできるかどうか分かりませんよ」

「見学させてもらうだけだ。何とかなるだろう」

「もしかして先生も美顔術をお受けになるんですか」

「これ以上、水をしたたらせる必要がどこにある」

「失礼しました」

馬車道へ折れて、さらに細い通りへ入っていくといくつもの商家が立ち並んでいた。他を圧してそびえ立つ洋館を見た後では、頭上の空がぐんと広く見えたが、その空に向かって電柱や街路樹がまっすぐに伸びている。

通りにはひっきりなしに人が行き交っていた。あちらこちらの店先をのぞきこんでいる婦人たちや、杖を片手に歩いていく年配の男性、そのかたわらを威勢よく駆けていく小僧さんもいる。

迷うことなく目当ての場所に辿《たど》り着《つ》くと二人は二階を見上げた。

薬屋の上に「白木理容館」というつつましい看板がかけられている。

建物の横手に回り、掃き清められた階段を上っていくと、正面に硝子のはめられた扉があった。

中に入ると、室内は二つの部屋に区切られていた。

淡い緑と澄んだ青で統一され、清潔でありながら落ち着いた雰囲気が漂っている。

手前の部屋は応接室でもあるのか、ちょうど三人の女性が長椅子に腰かけて何やら講義を受けているところだった。

「まあ、入江先生」

その中のひとりが立ち上がると、明彦に向かって駆け寄ろうとする素振りを見せたが、拳を握り締めるとその場に立ち尽くしたまま目を泳がせた。

年の頃は三十代の半ば、白くふっくらとした女性で、文弥も見覚えがある。いつぞやの集まりで明彦を取り巻いていた婦人のひとりで、大福のようだと評したところ、明彦に「お前は女性にもてない」と一刀両断された。

「こんなところで……」

女性は立ったまま気まずそうにしている。

「もてない」と断言された文弥も、女性がこういった容色を磨く場所に出入りしていることを知られるのは、ましてや明彦のような人間に見られてしまうのは恥ずかしいことなのだと気づいた。

背後の女性たちもうつむいたまま押し黙っている。

だが、そんな彼女たちを気にした様子もなく、明彦は帽子を取って挨拶した。

「こんにちは、守谷《もりや》夫人。今日はさらに美しさに磨きをかけるおつもりですか。そういった努力を惜しまない女性は本当に素晴らしいと思います。ご主人が羨《うらや》ましいですね」

「あら、そんな」

守谷夫人は緊張が解けたのか、途端に浮き浮きとして明彦に話しかけた。

「先生とお会いできるなんて嬉《うれ》しいですわ。もしかして、先生も施術をお受けに?」

「お受けになりたいと考えていらっしゃるさるご婦人から、どういった様子なのか見てきてほしいと依頼を受けたのです。こちらの館主の方にご紹介いただければ有り難いのですが」

明彦がそう言うと、ひとりがけの椅子に腰かけていた女性が立ち上がった。

「はじめまして。白木すみと申します」

恐らく彼女だろうと見当をつけていたが、名乗られて文弥は内心驚いた。

幼《おさな》いといっていいほどの顔立ちで、確かに女学生にしか見えない。

時おりすれ違うことのあるフェリスの女生徒たちの中に、すみより大人びた少女はいくらでもいる。

「これはお若い館主さんですね。入江明彦と申します。この度はお邪魔して申し訳ありません」

「とんでもないことでございます。お出《い》でいただけて大変光栄です。今ちょうど、美顔術についてお話しさせていただいているところなんです。差し支えなければ、是非ご一緒に」

見かけは子どものようでも、すみの物言いは堂々としていた。

もちろん明彦は承諾して椅子に腰を下ろし、文弥はそのかたわらに立った。

「それでは美顔術の流れを説明させていただきます」

すみはそう言ってひとりひとりに笑顔を向けた。

「美顔術では電気を使用いたします。とは申しましても、ごくごく弱い電気を流すだけで、痛みなどはございません。この電気が皮膚の新陳代謝を促《うなが》すのです。皮膚をよくよく観察してみますと、小さな穴が無数に開いております。これを脂肪腺と汗腺と申しますが、この二つの穴を開かせて、中にたまっているごみを取り出すために電気を利用しているのです」

すみは猫足の卓子《テーブル》の上に並べられた美しい硝子瓶を取り上げた。

瓶を持つすみの小さな手は白く、爪《つめ》は桜色に輝いている。

「こちらはエレクトリックマッサージクリームと申す物でございます。脂肪腺と汗腺を開かせた後に、このクリームを塗ってまいります。それから私どもがカップと呼んでいる機械でクリームを吸い出すと、それまで皮膚の穴にたまっていたごみがすっかり取れてしまうのです」

拭《ぬぐ》ったように白い肌を想像したのか、守谷夫人が感嘆の声を上げた。

聞き慣れぬ言葉もまじえながら、それでいて説明はよどみなく、三人の婦人たちはすぐにでも施術を受けたいと言ったが、すみは予約がいっぱいなのでと申し訳なさそうに言った。

落胆する婦人たちの中で、一番年かさと見える頬のこけた女性が言った。

「最近、おしろいで肌が荒れてしまって。ここに来れば何とかしていただけると思っていたのですけれど」

それでしたらと、すみが漆塗りの箱から小瓶を取り出した。

「施術をお受けになるまで、こちらをお使いになってください」

「これは何かしら」

「サリチル酸にホウ酸とラノリンを加えた化粧水でございます。おしろいの肌荒れに効き目があります」

「あら、でも……」

「お代はいただきません。こちらはお待ちいただいてしまうことへのお詫《わ》びのしるしでございます」

すみは悪戯《いたずら》っぽい表情で続けた。

「ですが、次からはお代を頂戴《ちょうだい》いたしますので、是非お気に召していただければと願っております」

婦人たちはいっせいに笑い出すと、私にもひとつ、それなら私にもと言って手を伸ばした。

三人の婦人が賑《にぎ》やかに帰っていくのを見送ると、明彦はすみに向き直って言った。

「先ほどは見事なご説明をうかがって感心いたしました。さぞ学問をなさったのでしょうね」

「いまだに道半ばではございますが、大切なお顔を扱わせていただきますので……」

すみは控え目に微笑《ほほえ》んだ。

「どちらで修業なさったのですか」

「日本橋の津村《つむら》高等調髪館でございます」

「どうして横濱で店をお開きになったのですか」

「私の師である津村杉《すぎ》は、かつて横濱在住の米国人であるキャンブレー夫人より美顔術を学びました。ここからすべてが始まったのだと思うと、横濱には特別な思い入れがあったのです。当地には美顔術を施す店がずっとありませんでしたし……」

「そうだったのですか。すみさんはいつからこの道に――」

言いかけて、明彦が苦笑いを浮かべた。

「あれこれと訊かれて、さぞうるさくお思いでしょうね」

「そんなことはありませんわ。――先ほど守谷夫人が、入江先生とおっしゃっていましたが、どちらの学校の先生でいらっしゃいますか」

「先生と呼んでもらえるほどの者ではありませんが、なかなか他人には話しづらい困り事の相談に乗っています」

明彦が適当にごまかした。

「ところで、おしろいの肌荒れに効くという薬をお渡しになっていましたが、そばかすに効く薬というのはありますか。これが――」

そう言って明彦が文弥を振り返った。

「気にしておりましてね」

文弥が抗議する間もなく、すみが箱から別の薬を取り出した。

「昇汞《しょうこう》に拘扁桃《こうへんとう》と実乳剤を混ぜ合わせたもので、安息香丁幾《チンキ》も数滴入っております。これを毎日お使いになれば、そばかすが薄くなってまいります」

「やあ、これは助かる」

明彦が手を打って丸い容器を受け取った。

「まるで魔法のようですね。望んだ薬が必ず出てくる」

「生家が薬を扱っておりましたので、多少の心得はありますが、津村師の足元にも及びません」

「こういった店に通ってくる女性は欲が深くなってくるものではありませんか？　肌をもっと白くと言っているうちはいいでしょうが、そのうち年を取らない薬はないかなどと言い出すかもしれませんよ。貴女のように美しく若々しい女性を見ていたら、もしかして、と考える婦人が出てきてもおかしくありません」

「まあ、そんな」

そのとき、入り口から「ごめんください」という声が聞こえたので、すみは「失礼します」と言って立ち上がった。

鳥が飛び立つような所作が美しい。

二言三言のやり取りの後、すみが招じ入れたのは大きな荷物を両手に提げた女だった。手拭いを深くかぶって地味な色柄の着物を着ている。

「こちらでよろしいですか」

女は「みよし」と染め抜かれた風呂敷《ふろしき》包みを卓子の上に置くと、すみから代金を受け取って帰っていった。

明彦が大きく息を吸いこんだ。

「いい匂《にお》いですね」

「こちらのお店のお弁当は色どりも良くて美味《おい》しいと評判なんです」

「それは素晴らしいですね」

「板前さんとお弁当を運ぶ女性だけで切り盛りなさっているので、断られてしまうことも多いそうなんですが、運良く、先方からお話がありまして」

「それはそうでしょう。こんなにも横濱の女性たちの話題をさらっている理容館ですからね。こちらで食べてもらえたらいい宣伝になるに決まっています」

どうでしょうか、と言いながらすみは、弁当の蓋《ふた》を開けてみせた。

「まさか、おひとりで全部？」

明彦が言うと、すみは口元に手を当てて笑った。

「これから別の奥様方がお出でになるんです。皆様で一緒に食事をしながら、美顔術のお話をさせていただいたりもするものですから」

「それはいい考えですね。ところで、この『みよし』というお店はどちらにあるのですか。私も食べたくなりました」

「住吉町《すみよしちょう》にございます。どうぞこちらのお品書きをお持ちになってください。住所が書いてあります」

「助かります。――やあ、これは美しい字だ」

「今いらした方がお書きになっているそうです。私など悪筆で――羨ましいですわ」

「ひとつくらい欠点があったほうが、魅力が引き立つというものですよ」

明彦が片目をつぶってみせた。

「ああ、そういえば」

文弥とともに扉を出ようとして、明彦は立ち止まると振り返った。

「向かいに写真の展覧場があるんですね」

「ええ、最近できたようで……」

すみがぎこちなくうなずいた。

「なかなか良い作品を並べているようです。もうご覧になりましたか」

「せっかくですから、いつか見てみたいと思っております」

「是非ご一緒したいですね」

明彦は笑顔を残すと、今度こそ階段を下りていった。

ホテルに戻ってくると、明彦は上着を脱ぎ捨てて書斎の椅子に腰を下ろした。

「やれやれ、喉《のど》がかわいたな。文弥、茶を淹れてくれ」

「嫌です。ご自分でどうぞ」

明彦がにやにやと笑いながら、脇机《わきづくえ》の上に置いてある茶器を手に取った。

「何だ、そばかすの件を気にしてるのか」

「あんなに綺麗な方の前で言わなくてもいいでしょう。第一、そばかすなんて気にしてませんよ」

「綺麗といっても、白木女史はとっくに三十を過ぎているぞ。お前、そんなに年上が好みか」

文弥は衣紋掛《えもんか》けを取り落としそうになった。

「叔父上からいただいた書きつけに、住所と生まれ年が書かれていたからな。間違いない」

「信じられません」

「そばで肌をじっくり見てみたが、たいしたものだ。あれなら不老不死の薬を扱っていると言われてもうなずける」

「いつの間に」

「そんな高等技術は、お前にはまだ早いよ。ませた子どもは好きじゃない」

明彦は一息に茶を飲み干すと言った。

「今からしばらくひとりにしてくれないか。今回の件について少し考えたい」

「お昼寝ばかりなさってはいけませんよ。夜に眠れなくなります」

明彦が鼻の頭に皺《しわ》を寄せて睨《にら》んだ。

「お前、母親と同じ顔と台詞《せりふ》で説教をするんじゃないよ。第一、仕事だと言っているだろう」

書斎から追い出された文弥が応接室の鏡に目をやると、確かに母親とそっくりの顔をしている。

懐《なつ》かしい顔ではあるが、もう十五歳なのだから、もっと男らしくなってほしくもある。思わずため息が出た。

文弥が掃除や洗濯に追われているうちに外はすっかり暗くなっていた。

そろそろ夕飯の時間である。

文弥が書斎に入ると、何と明彦が手鏡をじっとのぞきこんでいるところだった。

「先生、起きていらっしゃいましたか」

「昼寝じゃないと言ったろう」

「そろそろお弁当が届きます」

「もうそんな時刻か」

明彦が窓に目をやった。

「先生が熱心に鏡をご覧になるなんて珍しいですね」

「鏡が嫌いというのはどういうわけなんだろうと思ってな」

「イヴンス医師の件ですか」

「ああ」

文弥は明彦が差し出した手鏡を受け取った。

「反射したり光ったりする物が苦手だったのではないでしょうか。尖《とが》った物やぬるぬるした物が嫌いな人を見たことがあります」

「なるほどな」

「そうでなければ、昔、怖い目に遭って、鏡を見るとそれを思い出してしまうとか」

「怖い目？」

「夜中にうなされて目が覚めたら、鏡に何か映っていたような気がしたとか、鏡が割れて大怪我《おおけが》をしたことがあるとか――」

文弥はあれこれと並べてみせた。

「イヴンス医師の鏡嫌いと今回の不老不死薬事件に何か関係があるのですか」

「どうだろうな。あるのかもしれないし、ないのかもしれない」

「いい加減ですね」

そのときノックの音が聞こえた。

「来たな」

明彦が顔を上げた。

白木理容館からの帰りがてら、明彦は「みよし」に立ち寄って弁当を頼んだ。引っ張りだこの店ゆえ断られるかと思ったのだが、数が少なかったからか運良く引き受けてもらうことができた。

「書斎で食べる。運んでもらえ」

「僕が受け取ってきます」

「駄目だ。必ずここまで来てもらうんだ」

「分かりました」

明彦の我儘には慣れている。

文弥は何も言わず書斎を出ていくと、手拭いを深くかぶった女と一緒に戻ってきた。

「お弁当はそちらにお願いします」

女は卓子の上に風呂敷包みを置き、代金を受け取るとそのまま帰ろうとした。

「待って」

明彦が鋭く止めた。

「何ですか、先生」

「お前じゃないよ」

明彦は文弥をあしらうと、今しも書斎から出ようとした女の腕を取った。

「先日はお名前をうかがえず非常に残念でした」

女は腕を振り払おうとしたが、明彦の手はびくともしない。

手拭いを深くかぶった女はうつむいたまま身体を強張《こわば》らせていたが、明彦は笑顔を浮かべて言った。

「名前を教えてくれたら放しますよ」

「先生、この方とお知り合いなんですか」

状況が飲みこめないでいる文弥に、明彦は悪戯っぽく笑った。

「お前も会っているよ。分からないか」

「お弁当の注文をするときにお話ししましたが……」

「もっと前だ。霧の夜、荒くれ男どもに追われていただろう？」

「――まさか」

文弥は顔を背けている女の横顔をじっと見つめた。

「人違いですよ。先生の思い違いです」

「お前の目が節穴なんだ」

明彦は女の手拭いを奪い取ると、今度は両手を摑《つか》んで自分のほうへ引き寄せた。

女の髪がはらりとほどけて、青ざめた顔があらわになる。

「痛いわ。放して」

「申し訳ありません」

明彦がぱっと手を離すと、文弥はすかさず扉を閉めてその前に立《た》ち塞《ふさ》がった。

「今さら逃げたりしないわよ。『みよし』にいることを知られているんだもの」

女はため息をついた。

「それにしてもよく分かったわね。あたしの化粧の腕はちょっとしたものなのよ。今まで見破られたことなんてなかったのに」

「私の特技は人の顔を忘れないことなんです。特に美しい方でしたら、化粧くらいではごまかされません」

「あらそう」

「それと、もうひとつ存じ上げていますよ」

明彦が手を伸ばして女の首に触れた。

「貴方は男性ですね。喉仏がある」

文弥は目をむいた。

女は——女に化けた男は、しばらくの間、明彦を睨んでいたが、やがて立《た》て膝《ひざ》で床に腰を下ろした。

「人の身体をべたべた触りやがって」

「自信はありませんでしたよ。女性にしては柔らかさに欠けるし、肌もなめらかではないと思いましたが」

「悪かったな」

男はすっかり声が低くなり、立ち居振る舞いから女らしさが消えていた。

目の前に座っているのは、明彦とそう年回りの変わらない青年だった。

「何故、女性の姿を？」

「まわりが油断する」

「それはどうでしょう。こんなに美しくては逆に注目を集めてしまうのではないでしょうか」

「あんたに褒められてもな」

「お声といい、姿といい見事な変身ぶりでした。相当に訓練されたのでしょうね」

「したくてしたわけじゃない」

そう言って男があごを突き出した。

「で？　俺を警察に突き出そうってのか？」

「まさか。一体、貴方が何をしたというんですか。先ほどから言っているでしょう。私は貴方の名前が知りたいんです」

「知ってどうする」

「友人になりたいと思っています。横濱へ来たばかりで、あまり知り合いがいないものですから」

男は一瞬、目を丸くしたが、すぐに顔をしかめた。

「変な奴《やつ》だな」

まったく同感だ、とうなずいた文弥を明彦が睨みつけた。

男は暗く鋭い目つきで明彦を見据えながら言った。

「あんた、誰だ？」

「失礼しました。お名前をおうかがいするときは、自分から名乗るのが礼儀ですね」

明彦が胸に手を当てて微笑んだ。

「私は入江明彦と申します。年は二十五。近頃、横濱へ引っ越してきました。職業は探偵です」

「探偵？　あの、人のことをこそこそ嗅《か》ぎ回ったり、弱みにつけこんで脅したりする連中のことか？」

「そういった輩《やから》がいることは否定しませんが、私は違います」

ふうん、と言って、男は明彦をじろじろと見ながら言った。

「俺を脅して何かに利用するつもりか？」

「私はあの霧の夜、貴方をかばったんです。無頼漢どもに貴方を突き出すこともできましたが、そうはしませんでした。味方とお考えいただきたいですね」

男はしばらくの間迷っていたが、やがて顔を背けると小さな声で言った。

「ミツだ」

「ミツさん。いいお名前ですね」

「どこがだ」

ミツが吐《は》き捨《す》てるように言った。

「ところで、ミツさん。一緒にお弁当を食べていきませんか」

「数が足りないだろ」

「いいえ、ちょうど三つです。私とここにいる文弥、そして貴方の分で三つ頼んだのですから」

ミツが眉を上げた。

「呆れたな。あんた、最初からそのつもりだったのか」

「ええ」

明彦がミツに向かって手を差し伸べた。

「食べていってくださいますね」

ミツが返事をするより先に、文弥は食事の用意をするために台所へと駆けこんだ。

奇妙な夕食会の後、明彦はミツと一緒に文弥の淹れたお茶を飲んでいた。

明彦が笑顔を浮かべて訊ねた。

「あの夜、オリエンタルホテルで何をしていらっしゃったんですか」

「そんな所、行ってない」

「実はあの後、頬傷の男が出入りしているホテルがないか調べたのです。どこも厄介な客を追い出すための強面《こわもて》を雇っているものですから。その男はオリエンタルホテルを縄張りにしていました」

ミツが湯呑茶碗《ゆのみぢゃわん》を口元に運びながら言った。

「それで？」

「その夜、ホテルに泥棒が入ったそうです。盗《と》られた物が何もなかったのは不幸中の幸いでしたがね。賊は身なりのいい女で、客室のひとつに忍びこみました。そしてその客室には引退した米国人の医者が滞在していたのです」

ミツは何も答えない。

「その医者は、私が今調査している一件の関係者です。貴方は盗難未遂事件のあった霧の夜、頬傷の男に率いられた一団に追われていた。そしてもうひとりの関係者が経営している店でも貴方に会いました。これはただの偶然でしょうか」

ミツは静かに茶碗を置くと言った。

「調査って何を調べてるんだ？　誰があんたに頼んだ？」

「ミツさんがオリエンタルホテルに忍びこんだのは何故でしょうか。それから、美顔術の店に現れた理由も教えていただけると助かります」

「答えると思ってるのか」

「いいえ、まったく」

明彦があっさりと言った。

「貴方がそんなに口が軽いとは思っていません。その代わり、ささやかなことをひとつだけ教えてくだされば、私も貴方のお知りになりたいことに答えましょう」

「何が知りたい」

「イヴンス医師の部屋の様子を」

「何故だ？」

ミツが探るように明彦の顔を見た。

「イヴンス医師はホテルの部屋に昔馴染みすら入れないそうですし、部屋の掃除も従僕にさせているという話でした。つまり、ホテルの従業員もあの部屋が今、どうなっているのか知らないのです」

ミツはしばらくの間、迷っていたようだったが、やがて「分かった」と言った。

「話さなければ帰してもらえそうにないからな」

「そんな野蛮な真似はしませんよ」

「どうだかな」

ミツが鼻で嗤《わら》った。

「だが、話すようなことは何もない。すぐ痩せぎすの男に見つかってしまったからな。もっとよく探せば何かあったのかもしれないが――」

「それでは貴方が部屋に入ってから見た物を順番に話していただけますか」

ミツは目を閉じ、こめかみに両手を当てた。

記憶の中の場面を正確に描写しようとしてか、ぶつぶつと途切れた話し方だった。

「部屋は薄暗かった。俺は目が慣れるまでじっとしていた」

すでに日よけは下ろされ、部屋の片隅《かたすみ》にある小さな照明だけがかすかな明かりを放っていた。

室内にはいくつかの家具が置かれていた。

ミツは書き物机の引き出しを開けたり、小ぶりな本棚に立てかけられた紙挟みを開いてみたが、英語で書かれた書類が何枚か入っているだけだった。

次にミツが左手にある扉を開けると、中は寝室だった。

中央に寝台があり、扉の正面には大きな衣装戸棚が置かれていた。

ミツは衣装戸棚に近づき、扉を開けた。

「そのとき寝室に男が入ってくるのが見えた。気配がなかったから驚いた」

「そして貴方は逃げ出した」

「ああ」

「なるほどね」

明彦は腕を組んだまま右手の拳を口元に当てると微笑んだ。

「それがどうしたんだ」

「予想通りで嬉しいですね」

ミツが身を乗り出して言った。

「今度は俺の番だ。あんたの目的は何だ？　誰に頼まれた？」

「誰に頼まれたのかは守秘義務があるので申し上げられませんが、私は今、この街で噂になっている不老不死の薬について調べています。誰がそれを作り、売りさばいているのか、そして薬は本物であるかどうかを」

「偽物に決まってるだろ」

ミツは長椅子に深く腰を下ろすと呆れたように言った。

「まだ分かりませんよ」

「口車に乗って、大金を騙《だま》し取《と》られて——あんたもそんな馬鹿《ばか》な連中の仲間なのか？」

「気持ちは分かりますよ。私の実の母親など真っ先に欲しがると思いますね。何しろ美貌《びぼう》自慢の人間ですから」

「買ってやったらどうだ」

「私からでは受け取ってくれませんよ。何しろ夫の洋行中、他の男との間に私が生まれてしまったものですから、すぐ養子に出されたのです。それ以来、音信不通で」

明日の天気の話でもするように己の身の上を話している明彦の前で、ミツの顔が強張った。

文弥にはミツの気持ちが手に取るように分かった。

心の底から同情している。

しかもその強さたるや、母の田鶴並みである。

ミツが声を絞り出すようにして言った。

「——分かった。あんたが馬鹿みたいに調子がいいのは、その生い立ちを考えないようにしてきたからか」

「いや、馬鹿って――」

「何も言わなくていい。俺も脛《すね》に傷持つ身だが――」

「え？　いや、ちょっと待って待って、ミツさん」

「友人の件、考えてやってもいい」

「ありがとうございます」

明彦のかたわらで文弥は勢いよく頭を下げていた。


「お前は私の乳母なのかい」

ミツを見送った後、明彦が呆れ顔で文弥に言った。

「僕は男で先生よりずっと年下ですが、母から先生が幸せになる手助けをしなさいと言われたのです」

「私は自分が不幸だと思ったことはないよ」

だが、明彦が何度そう言っても、田鶴が聞く耳を持たなかったことは文弥も知っていた。

母に捨てられた子、という色眼鏡《いろめがね》で明彦を見続けていたのだ。

かつて明彦が文弥に話したことがある。

周囲に優しくしてもらえて、それはそれで居心地がよかったが、何となく騙しているような気持ちになったものだと。

明彦は実母との縁は薄かったが、養子に出された家は実家よりさらに裕福で、明彦を甘やかし、大切にしてくれた。

何の不自由もなく、好きなように生きることができた。

明彦が自分の過去を語らないのは、辛《つら》いからでも恥じているからでもなく、話すと同情されてしまうからなのだ。

「先生がご自分を不幸だと思っていらっしゃらないのは分かります」

「本当かい」

明彦から疑わしそうな視線を向けられたが、文弥は大きくうなずいて言った。

「ですが、先生は変わっています。先生のやり方では人並みの幸せも覚束《おぼつか》ないかもしれませんから、僕がお力添えしたいと思っているんです。まずはお友達から作りましょう」

文弥が拳を握り締めると、明彦が苦笑いを浮かべた。

「お前に助けてもらえるなら心強いよ。――が、まずは仕事だ。事件の輪郭《りんかく》は摑めたから、証拠固めはこれからするとして、あとはどうやって始末をつけるかだな」

文弥は目をむいた。

「分かったって、いつ分かったんですか」

「お前だってミツさんの話を聞いたんだから分かったろう?」

「分かりません」

「仕方のない奴だな」

明彦が放り投げた物を、文弥は慌てて受け止めた。

「答えはそれだ」

文弥の手の中で、鏡が静かに光っていた。


「イヴンス医師が偽者だったとはな」

本橋がため息混じりに言った。

不老不死薬の話を聞いてから二週間あまりが過ぎていたが、事務所にしているホテルの応接室で、明彦と本橋は再び向き合っていた。

「米国大使館への問い合わせとミラー医師の所在確認を迅速に行っていただきありがとうございました」

明彦が頭を下げた。

「何故、イヴンスが偽者だと分かったんだね」

「叔父上は『白雪姫』をご存じですか」

「若い娘が継母《ままはは》に妬《ねた》まれる話だろう」

「継母は真実を語る魔法の鏡を持っていて、世界一の美女が自分ではないと知り、娘を殺そうとします」

本橋がはっとして顔を上げた。

「そうか、鏡か」

「ええ、そうです。この物語には重要な小道具として鏡が出てきます」

身の回りに手鏡ひとつ置かなかったほど鏡嫌いの男が、鏡がなくては話にならぬ『白雪姫』をわざわざ船上で演じる芝居に選んだという。

「それが最初の違和感でした」

イヴンスは鏡が苦手ではないのかもしれない。

ただし、三十年前の若きイヴンスではなく、現在の彼が、である。

むろん、長い年月の間に克服したとも考えられるが、織田家のパーティーでは鏡を隠してもらっている。

「これについては、とある伝手《つて》で確信を得ることができました。イヴンス医師のホテルの部屋にある衣装戸棚の扉には鏡が取りつけられているそうですが、そのままにしてあったそうです。つまり普段から使用していたということでしょう」

ミツの話によれば、彼は寝室の扉に背を向けて立っていたという。

それなのに、気配を消した男が入ってくるのが分かったのは、背後を見ることができる物、つまり鏡があったからだ。

その鏡が取り外されていたり、布でおおわれたりしていれば不可能である。

「もしイヴンス医師が本物なら、洗面所にある鏡は目に触れないようにしているでしょう。そちらを確認することはできませんでしたが、衣装戸棚の鏡が証拠になりました」

「続けてくれるかい」

「イヴンス医師は別人です。では一体、彼は誰なのか」

横濱にいた頃の手紙や写真を持っている上に、年齢を重ねたとはいえ、かつての友人や患者たちが見ても、イヴンスだと疑わなかったのである。

「ここで、イヴンス医師が鏡を嫌っていた理由に思い当たりました。もっとも単純な答えです。——これに関しては」

そう言って明彦が文弥を見た。

「文弥の顔を見て気がついたんです。何しろ、文弥は田鶴とそっくりなので」

「確かにな」

本橋も懐かしそうに目を細めた。

「私たちは文弥を見れば、田鶴を思い出して幸せな気持ちになりますが、イヴンス医師はそうではなかった。鏡に映る自分の顔を見たくはなかったのです」

本橋を通じて米国大使館に照会したところ、ウィリアム・イヴンスにはリチャードという双子の兄がいることが分かった。

若い頃から名の知られた詐欺師《さぎし》だという。

弟と同じように優秀な頭脳の持ち主で、数多くの変名を使い分け、いくつもの言葉を流暢に話した。

しかも現在は、香港《ホンコン》にある会社の委託金を費消して国際手配を受けていた。

常に明るい笑顔を浮かべていたというイヴンスだが、その陰には闇を抱《かか》えていたのだ。鏡に映るのは自分の顔でしかないが、その顔こそが、忘れたくても忘れられない、血のつながりを思い出させたに違いない。

明彦が続けた。

「国際手配されているのですから警察に任せてもよかったのですが、不老不死薬の落とし前をつけてもらわなければなりません」

そこで明彦は織田八重に協力を依頼して再度パーティーを開いてもらい、イヴンスを招待させた。

そしてその場に、今も鎌倉に住むロバート・ミラーを呼んだのである。

「久しぶりだな、リチャード」

宴もたけなわという頃、広間の中央に身体の大きなひとりの男が進み出た。

男は日本語を話し、着物を着ていたが日本人ではなかった。

名を呼ばれたイヴンス——リチャード・イヴンスは顔色を変えた。

ミラーは冷たく笑って言った。

「こんなに年を取っても、幼馴染みの顔を覚えていてくれたとは嬉しいよ。昔、俺がお前を散々に殴ったからか。それとも、俺の顔にアンの面影《おもかげ》があるのか。お前のおかげで一生を台無しにされた、俺の妹の面影がな」

部屋の中はしんと静まり返っていた。

これまで何度も修羅場をくぐり抜けてきただろう詐欺師が動揺していた。

正体を知る人間がふいに現れたという以上に、ミラーの怒りがすべてを圧倒していた。

「わ、私は……」

「私はウィリアムだなどと言ってくれるなよ。子どもの頃から、お前はウィルに迷惑をかけてきた。顔がそっくりな分、余計にな。お前はウィルが死んでもまだ、彼を辱める気か」

「し、知っていたのか」

ミラーは拳を握り締めると、足を一歩踏み出した。

明彦の目にそれは、大きな山が動いたように見えたという。

「ウィルは死期を悟って俺に手紙を書いたんだ。横濱を去ってから、初めてな。死の間際まで己を恥じていたんだ。そんな必要はなかったのに」

ミラーがかたわらの卓子に拳を叩《たた》きつけた。

「アンはウィルを好きだった。だが、ウィルはそれに応《こた》えなかった。アンは日本を離れて国に戻り、顔だけはそっくりなお前と関係を持って、結局は捨てられた。犯罪の片棒までかつがされてな」

ミラーが少しずつリチャードとの距離を詰めていく。

「それを知ったウィルは俺にすまないと言って横濱を出ていったんだ。あの頃は俺も若かったから、ウィルがアンと結婚してくれてさえいたらと腹を立てて、見送りにも行かなかった。愚かだったよ、俺は」

ミラーが袂《たもと》から薬包を取り出した。

「ウィルは苦しんだまま死んだ。それなのにお前はここで何をしているんだ？ この薬とやらは何だ。手紙も写真も、ウィルの思い出の品を一緒に埋めてやるどころか、彼になりすますために利用するとは」

今やリチャードの目の前まで来ていたミラーが、リチャードに向かって手を伸ばしたそのときだった。

リチャードはそばにあった椅子をミラーに向かって投げつけると、庭に向かって駆け出した。

「待て」

「私が行きます」

そう言って明彦がひらりとベランダの柵《さく》を乗り越えると、あっという間にリチャードに追いつき、唸り声を上げて向かってきたリチャードを軽々と投げ飛ばした。

「お見事」

広間からいっせいに歓声が沸き起こった。

「この顧客名簿はどこにあったんだね」

本橋が卓子の上に置かれた冊子を取り上げた。

「白木理容館の前に作られた写真の展覧場です。リチャード・イヴンスが従僕の名で借りた建物で、不老不死薬もそこに隠していました」

「従僕？　マーティンとかいったな」

「彼は写真師です。手にたくさんの火傷痕があったとおっしゃっていたでしょう？　それはフラッシュを焚《た》いたせいですよ」

本橋が膝を打った。

「『マグニージアム』か。マグネシウムのことだな」

「専門家がいるのですから、写真の偽造などお手の物でしょう。白木すみの写真を手に入れ、自分の若い頃の写真と合成すればよいのです」

リチャードは写真の展覧場で薬の売買を行わせていた。

写真を見るという大義名分のおかげで、婦人たちも気軽に立ち寄りやすい。

やって来た客に声をかけるのは給仕係の女の役目だったという。

それとなく不老不死薬の話を持ち掛け、興味を示したら、実は白木理容館で作られた特別な薬があると切り出す。

――こちらの展覧場に写真を出品されている紳士のご夫人が、白木理容館さんと昵懇で、いつもその薬を分けてもらっているんです。数が限られているので、理容館では売らないようにしているそうなんですが、奥様のような方であれば、白木さんも使ってほしいとお思いになるでしょう。

そんなふうに言って口利きを申し出るのだ。

白木理容館はすぐそこで、おまけに噂の出所である偽イヴンスのリチャードまでいるのだから宣伝効果は抜群である。

その後の警察の調べにより、給仕係の女はリチャードの指示通りに動いていただけで詳しいことは何も知らず、また、すみとリチャードには何の関係もないことが判明していた。

横濱に店を開いたばかりの美しき美顔術師は、その名声を詐欺師に利用されたのだった。

明彦が訊ねた。

「ところで、不老不死薬の成分はお分かりになりましたか」

「結果待ちだが、技官の話では単なる栄養剤だろうという話だ」

だが、と本橋が名簿をめくりながら言った。

「ここで築かれた手づるを使って、阿片がばらまかれる可能性は多いにあった。一部には流れていたと思《おぼ》しき形跡もある。だから、これだけは警察の捜査が入る前に手に入れておきたかった。何しろ、載っているご婦人方の名前が――」

本橋は乱暴に名簿を閉じると、触りたくないというように卓子の上に放り投げた。

「それにしても、明彦」

「何でしょう」

「リチャードの部屋にあった衣装戸棚の鏡の件といい、写真の展覧場に隠されていた顧客名簿の件といい、なかなか入りにくい場所だろうに、ずいぶんうまくやったものだね」

明彦が笑顔を浮かべた。

「私にも友人ができたのです。しかもとびきりの『美女』です」

「ほう」

「美しい女性の前には、どんな扉も開け放たれるものではないでしょうか」

明彦と本橋はしばらくの間、睨みあっていたが、やがて本橋が「まあいいだろう」と言った。

「約束通り、まさかりを振り回さなかったのだからな」

席を立って部屋を出ようとした本橋を、明彦が呼び止めた。

「叔父様。以前おうかがいした『灯台』ですが」

「ああ」

「今回の不老不死薬の一件は手際が良すぎました」

いかにリチャード・イヴンスが名うての詐欺師とはいえ、偽薬を売りさばくための広告塔となる白木すみのような人間や、写真の展覧場で使った給仕係の女などを短日のうちに見つけ出したり、若くして亡くなった石田マツという女性の偽の記録を作るのは難しい。

よほど横濱の事情に詳しい人間が必要だったはずだ。

「叔父様のおっしゃる通り、この港街には、一儲《ひともう》けを企《たくら》む人間に手を貸す組織があるのかもしれません」

「私は前からそう言っているだろう」

「そうでしたね」

明彦が笑って本橋を送り出した。


ホテルを出ると、明彦が海のほうへと足を向けた。

文弥も黙ってその後をついていく。

義父母の葬式を出した後、明彦は幼い頃から可愛《かわい》がってくれた本橋のいる横濱へやって来た。

明彦の気性ならばどこであっても機嫌よく暮らすことができるだろうが、横濱はとりわけ気に入ったようだった。

細長く海へと突き出した鉄桟橋の両側には大きな船が何隻も停泊している。

遠く高く晴れた空に万国旗がひるがえり、見送りの人々が船の前に群がっていた。

歩いているだけで、今しも海に乗り出していこうとする高揚感《こうようかん》が溢れてくる。

明彦が目を細めた。

「いい天気だ。――ミツさんは今日も弁当屋の仕事か」

「僕がお供で申し訳ありません」

「僻《ひが》むんじゃないよ」

明彦が文弥の肩を軽く叩いた。

「先生」

「何だ」

「ミツさんという方は、一体どういう——」

明彦は中折れ帽を脱ぐと、文弥の頭にかぶせた。

「それはいずれ分かるだろう。今回はリチャード・イヴンスの部屋の内部を教えてもらったし、写真の展覧場に忍びこんでもらったりもした。それで十分だ」

ちょうどそのとき、二人は船に向かって手を振っている人々の中に見知った顔があるのに気づいた。

「まあ、入江先生」

明彦が声をかけると、白木すみは笑顔を見せた。

「お見送りですか」

「ええ。贔屓《ひいき》にしてくださっているお客様が」

すみが手庇で船上を見やった。

「今回は大変でしたね」

明彦がすみの耳に顔を寄せるようにして言った。

「驚きましたわ。まさかこんな事件に巻きこまれるなんて」

「理容館をおやめにはならないでしょうね」

ええ、とすみはうなずいた。

「私はこの仕事が好きなんです。理容館を大きくするのが夢なんです」

「ですが嫌な思いもされたでしょう」

「私も今回の一件を利用しましたから」

「利用――ですか」

「不老不死薬の話は私も耳にしました。あの偽者のお医者様が、私が写っているという写真を持っていることも知っていました。本当に薬を売っているのかどうか、私に直接、訊ねる方が何人もいらっしゃいましたから」

すみが明彦をまっすぐに見上げた。

「私は肯定しませんでしたが、否定もしませんでした。その噂が私の理容館の評判を高めると分かっていたからです。そうして今も、事件に巻きこまれた私に会うために、より多くのお客様が訪れるようになりました」

「したたかでいらっしゃいますね」

「したたかな女はお嫌いですか」

明彦が微笑んだ。

「いいえ。好きですよ」

船は今や栈橋を離れようとしていた。

歓声が一際大きくなって、それに応えようとしてか、デッキの上の乗客はしきりに手を振っている。

長い汽笛が辺りの空気を震わせていた。

第二話　皇太子の切手

「世界一高い切手が盗まれたそうだよ」

　そう言って明彦《あきひこ》が新聞を差し出したので、食後の紅茶を淹《い》れていた文弥《ふみや》は銀の茶器を置いて受け取った。

「探偵小説のお話ですか」

「実際に起きた事件だ」

　日はすでに高く昇り、開け放った窓から軽やかな光が差しこんでくる。

　海岸通りを抜けて吹き寄せる海風が窓掛けを静かに揺らしていた。

　穏《おだ》やかな初夏に盗難事件の話題など無粋《ぶすい》に思えるが、舶来品が溢《あふ》れ、様々な国の人々が当たり前のように行き来するこの華やかな港街には――不謹慎ながら――謎《なぞ》めいた事件がよく似合う。

　しかも、盗まれたのが記録的な高値で落札された切手ならなおさらだ。

「僕にはよく分からないのですが――」

　読み終えて文弥は言った。

「何がだい」

「どうして切手がそんなに高価なのですか。あんなものは数銭あれば手に入ります」

「この世にはいろいろな蒐集家《しゅうしゅうか》がいるんだよ、文弥」

十九世紀の半ば、倫敦《ロンドン》ではすでに蒐集家たちが切手を交換するようになっていたという。

以降、切手を集める人々は増え続けた。

そんな中で、珍しい切手は蒐集家にとって垂涎《すいぜん》の的となった。

最高峰は「ブルー・モーリシャス」という美しい名をつけられた切手である。

一八四七年、英国の植民地だったインド洋モーリシャスで発行されたもので、若きヴィクトリア女王の横顔が描かれている。

作られた当初、それは何の変哲もないただの切手だった。

だが、約二十年後にこの切手が古切手市場に現れたときから、小さな紙切れの運命の輪は回り始める。

印刷された文字が、それまで知られていた切手の文字と違っていたのだ。

印刷間違いなのか、それとも他に理由があったのか――そこから、この切手は蒐集家たちの興味をかき立てるようになっていく。

そして数年前、遂《つい》に一四五〇ポンドで競《せ》り落《お》とされるまでになったのだ。

落札者は英国のジョージ皇太子である。

切手蒐集を趣味とするプリンス・オブ・ウェールズが、指先ほどの紙片に途方もない金額を支払ったのだった。

「一四五〇ポンドというと、どれくらいの価値があるんでしょうか」

「日本円にすると一万円くらいかな」

文弥は絶句した。

先日、新聞に様々な職業の給料一覧という物見高い記事が載っていたが、内閣総理大臣の年俸とほぼ同じである。

「切手一枚にそんなお金を出すんですか」

「それが蒐集家というものだよ。──そら」

明彦が文弥の手にしている新聞を指差した。

「その切手蒐集家の御仁は、今は意気消沈して部屋に閉じこもっているという話だ」

先週のことである。

山手《やまて》にある英国人ジョーンズ夫妻の住む家が火事で焼け落ちた。

その日、夫妻は本村《ほんむら》通りのホテルで開かれた仮装パーティーに出席していたが、会場でパーセルと名乗る切手蒐集家の男性に話しかけられた。

彼は、夫妻がかの有名な「ブルー・モーリシャス」を持っていると知っており、是非見せてほしいと熱心に頼んだ。

だがまさにそのとき、夫妻の家が火事だという知らせが届いたのである。

驚いた夫妻と、彼ら以上に真っ青になったパーセルが山手に駆けつけると、家はすでに焼け落ちていた。

「この夫婦は以前も記事種になっていたな」

明彦はきちんと整理された棚から目的の新聞を取り出した。

今から一ヵ月ほど前のことである。

ジョーンズ夫妻が脅迫を受けたという内容だった。

夫妻は共に四十代、以前は旧居留地に商館を構えて貿易商を営んでいたが、今は引退して隠居暮らしをしていた。

夫妻には、かつてモーリシャスと交易のあった仏蘭西《フランス》のボルドーに住む女性の友人がいて、彼女が亡くなる際に形見の品ということで手紙を譲り受けていた。

その中に「ブルー・モーリシャス」の貼《は》られた封筒があったのである。

夫妻に切手蒐集の趣味はなかったが、何しろ有名な切手で、デザインや色、書かれている文字まで広く知られていたので、間違えようがなかった。

だが、夫妻はそのことを黙っていた。

何しろ母国の皇太子が金に糸目をつけず競り落とした切手である。

いくら極東の島国とはいえ、知れたらどんな騒ぎになるか分からなかったし、何より友人の思い出を大切にしたかったのだ。

とはいえ、どこにでも金棒引きはいるもの。

夫妻は最近雇い入れたばかりの女中に、思い出の品を見せながら、うっかり切手の話をしてしまった。

口止めはしたが、人の口に戸は立てられないの言葉通り、夫妻が「ブルー・モーリシャス」を持っているという噂《うわさ》はあっという間に広まってしまった。

女中はすぐ馘《くび》にしたものの、時すでに遅しで、その話を聞きつけた船員くずれの男が、山手にある夫妻の家に押しかけたのだ。

折悪く、夫は外出しており、妻は近所の婦人たちを集めてお茶会を開いていた。男はまず切手を見せろと言い、断ると今度は「家に火をつけてやる」と脅した。以前、看護婦だったという妻は毅然《きぜん》とした態度で男を追い払ったが、「ブルー・モーリシャス」の一件は新聞に載ることになってしまった。

「では、その男が切手を盗んでからお屋敷に火をつけたのでしょうか」

「警察はそう考えているようだね」

パーセル氏は衝撃のあまり寝こんでしまい、同じく傷心のジョーンズ夫妻は、手紙を取り戻してくれたら謝礼金を出すと発表した。

「それにしてもいささか不用心だったのではないでしょうか。そんな高価な切手を寝室に飾っておくなんて」

夫妻の知人は、万が一のことを考えて、手紙を銀行の金庫などに預けるよう忠告したというが、「いつも目の届く場所に飾っておきたい」という夫妻の意志は固かった。

その後も何回か、切手を見せてほしいという申し入れがあったというが、夫妻はすべて断り続けていた。

「ジョーンズ夫妻は、『この手紙は見世物ではない』と言っていたそうだよ。大切な友人の思い出が詰まった手紙は見世物ではないし、ましてや売り買いできるものではないとね」

渋々《しぶしぶ》うなずいた文弥を見て明彦が微笑《ほほえ》んだ。

「先生は何か別の考えがおありですか」

「いや」

明彦は丸卓子《テーブル》に新聞を放り投げて言った。

「私もミツさんに手紙でも書こうかと思ってね。私がいなくなった後も、これくらい大切にしてもらえるだろうか」

「先生があの方の良い友人になればいいんです」

「どうやって」

「まずお互いをよく知る必要があるのでは？　海岸を散歩したり、気の利いた料理屋で食事したりなさってはいかがでしょうか」

「そんなことでいいのかい」

明彦が首をかしげたとき、文弥の背後で扉をノックする音が響いた。

「どうぞ」

駆け寄って扉を開けると、そこに立っていたのはミツだった。

「ずいぶん寝坊だな」

ミツが明彦の部屋着姿を見て言った。

「勘弁してください。昨日は夜遅かったんです」

「酒か、女か」

「火事ですよ。ミツさんもご存じでしょう」

昨夜、明彦と文弥が住んでいるファーイーストホテルからほど近い本町通りのホテルで小火《ぼや》騒ぎが起きた。

先端まで真っ赤に焼けた煙突から非常な勢いで火の粉が噴《ふ》き出《だ》したため、消防組が警鐘を打ち鳴らし、二号蒸気ポンプを引き出して駆けつけた。

延焼しては一大事と、明彦も夜の通りに駆け出したというわけだった。

「このところ横濱では火事が頻発していますね」

「今回は失火らしいが」

「お詳しいですね」

結局、料理部屋にあるストーブをろくに掃除していなかったため起きたと分かったが、新聞にはまだそこまで書かれていなかった。

「放火も多いそうですね。何かお調べになっていますか」

「さあ」

ミツがはぐらかしたのを見て明彦が話題を変えた。

「いつも女性の姿というわけではないんですね」

そう言うと、長椅子《ながいす》に浅く腰かけたミツは顔を背けて言った。

「当たり前だ」

住吉町《すみよしちょう》の弁当屋で働きながら、時おり女性にも化けるこの青年は、今日は白シャツを着てホテルのボーイのような姿をしていた。

「ミツさんは何を着ても様になります」

途端、ミツが鋭い目で明彦を睨《にら》んだ。

「着るものなんか何だっていい」

白い顔に切れ長の目、そして赤い唇《くちびる》のミツは端整な顔立ちながら、うつむきがちなせいもあって、普段は人目を引かず印象にも残らなかった。

だが、いったん化粧をすると絶世の美女に化ける。

この変装術や猫のように軽やかな身のこなしはどこでどうやって身につけたのか、まだ明彦と文弥は知らなかった。

平凡な育ちではないだろう。

だが昔から、自分が面白いと思うことだけをやり、そしてそれが許されてきた明彦から見ると、ミツは興味の引かれる男らしかった。

友人になってくれと言ったのはほんの思いつきという話だったが、ミツと縁が切れなかったことを明彦は単純に喜んでいた。

「ところで今日はどうなさったんですか」

明彦が訊《たず》ねると、ミツは口を開きかけたが、すぐに黙りこんでしまった。

次の瞬間、ノックの音が響いて、入ってきたのはホテルの女主人であるセツだった。

女手ひとつでホテルを経営してきた凄腕《すごうで》で、横濱における有名人のひとりであり、あの織田《おだ》夫人のパーティーにも呼ばれていた。

年の頃は五十代の半ば、外見はどこにでもいるような話好きで世話好きの女性である。

そしてかなり押しが強い。

さらにつけ加えると、ほとんど他人の話を聞いていない。

「嬉《うれ》しいこと。入江《いりえ》さんにお友達ができたなんてねえ」

そう言いながら卓子の上に、陶製の茶器と焼き菓子を並べ始める。

明彦がかたわらに立つ文弥を振り返りながら言った。

「マダム、そんなことは文弥にやらせますので」

「ええ、本当ね。私なんて出る幕がないわ。文弥ちゃんくらい気が利いて仕事のできる子だったら、どこでも引っ張りだこでしょうけど、そんな子はなかなかいないのよ。最近はどこも人手不足で、私もあちらこちらから紹介してほしいって頼まれて、探してはいるんだけれど――そうそう、入江さんのお友達はミツさんっておっしゃるんですってね――入江さんにお友達ができたなんて」

感激したのか、セツが両手で顔をおおった。

文弥は日頃からセツの話し相手を務めていた。今日の天気に始まって、硝子《ガラス》製品の掃除の仕方からお買い得情報まで、その話題は多岐にわたる。

「文弥ちゃんに教えてもらったんだけど、スミス商会の吾助《ごすけ》さんって方、力持ちでお酒の瓶《びん》の運び方も丁寧なんですって。今度からその人にお願いするわ」

そんな細かい話をしているくらいだから、当然、ミツのことも話題にしていた。ホテルの治安を守る立場上、宿泊している人間の素性を気にするのは当然だが、セツの場合は単なる好奇心だろう。

文弥はミツのことを、明彦の叔父である本橋《もとはし》税関長の家で預かっている学生だと説明していた。

それならば時間も自由になるし、明彦の部屋に出入りしていてもおかしくない。

セツの発している熱気に押されて顔を引きつらせているミツの様子に頓着《とんちゃく》せず、セツはすぐに元通りの笑顔になった。

「これは私のほんの気持ちですよ。遠慮せずに召し上がってね」

「どうも……」

そうだわ、と言ってセツが両手を打った。

「どうかしら、入江さん。ミツさんにもお部屋の鍵《かぎ》をお渡ししたら？　この辺りのホテルはお部屋に鍵は一本だけということになっているけれど、大切なお友達なんですから」

「考えておきます」

「それじゃミツさん、ゆっくりしてらしてね」

セツが笑顔を残して去っていった後、明彦が文弥を軽く睨んだ。

「お前ねえ」

文弥は涙目で拳《こぶし》を握り締めた。

「僕は先生が心配なんです。このままでは奥様やお子様どころか、友人のひとりもできず、孤独な老後を迎えるかもしれません。もしそうなったら、僕は死んだ母に何と詫《わ》びればよいか」

「お前は本気で言っているのだから始末に困るよ」

「マダムも同じようにおっしゃっていました」

主従の会話を黙って聞いていたミツが、ややあって口を開いた。

「話を続けてもいいか」

「どうぞどうぞ」

明彦と文弥は声を揃《そろ》えた。

「あんた――」

「はい、何でしょう」

「ちょっと俺につきあってくれないか」

明彦が勢いよく身を乗り出した。

「どちらにでもお供しますよ」

「会ってもらいたい人がいる」

露骨にがっかりした明彦を見て、ミツが眉根《まゆね》を寄せた。

「どうした」

「いえいえ、別に友人らしく、海岸を散歩したり、気の利いた料理屋で食事したりするんじゃないかなんて思ってませんよ」

「おかしな奴《やつ》だな」

文弥は頭痛をこらえるべく額を押さえた。

「で、私はどちらへうかがえばいいんですか」

「根岸《ねぎし》だ」

ミツが低い声で言った。

「お会いできて嬉しいですよ」

目の前の老人はしっかりとした声で言った。

ミツに連れられてやって来たのは、根岸の競馬場近くに広がる五万坪の広大な庭園だった。

中に足を一歩踏み入れると、目の前に広がるのは自然そのままの光景と見えるが、それでいて作庭者の確かな意志を感じさせる。

右手に水鳥の遊ぶ大きな池、左手に蓮《はす》の浮かぶ池があり、正面に築かれた小山のふもとには東屋《あずまや》が建っていた。

中で待っていたのは、七十を超えているかと思われる老人だった。

「私もお会いできて大変光栄です」

楠総一郎《くすのきそういちろう》の名は、明彦も以前から知っていた。

横濱繁栄の礎を築いた立志伝中の人物は、いまだ存命ながら、半ば伝説のように語られていたのだ。

東屋に腰を下ろした楠翁《おう》は、木の枝を揺らす風の音を聞いているようだった。

ミツは少し離れた場所で膝《ひざ》を折り、君主に仕える家臣のように静かに控《ひか》えている。

完全に人払いされているのか、広い庭園に見渡す限り人影はなかった。

「ミツさんもこっちでお茶を飲みませんか。結構美味《おい》しいですよ」

明彦が緋毛氈《ひもうせん》を叩《たた》きながら声をかけると、ミツが鋭い目で睨んだ。

その様子を見ていた楠翁が手招きした。

「お前もおいで、ミツ」

「ですが御前――」

「私がいいと言っているんだよ。入江さんの隣に座りなさい」

それでもミツはしばらくためらっていたが、やがて立ち上がると心底嫌そうに、明彦の横に腰を下ろした。

二人の前に座っている楠翁が目を細めて言った。

「入江さんは米国の探偵会社でご活躍なさったそうですね」

「ええ。ろくに学問もせず」

「何からでも学ぶことはあるものですよ。――お義母様《かあさま》のご実家は御庭番をなさっていたとか」

「よくご存じですね」

「気を悪くしないでくださいよ。ミツから話を聞いて、貴方《あなた》に大変興味を持ちましてね。実は本橋税関長からもお話をうかがったのです」

明彦は肩をすくめた。

「叔父は子どもの頃から私に大変甘いのです。私の容姿については見た通りなので、そのままの評価で結構ですが、仕事ぶりについての叔父の褒め言葉は話半分に聞いておいたほうが良いかと」

「これは一本取られた」

楠翁は愉快そうに声を上げて笑った。

「面白い方だ。なあ、ミツ」

かたわらに目をやると、ミツは困り切った表情を浮かべていた。

「入江さんが探偵にご興味を持たれたのは、やはりお義母様のご実家が御庭番だからでしょうか」

「そうだと思います」

「お義母様からいろいろと話をお聞きになったでしょうな」

明彦は笑顔を浮かべた。

「もしかして楠さんは御庭番にご興味がおありですか」

「それはもう」

楠翁が子どものように目を輝かせた。

「芝居や講談でよく見聞きしますからね。御庭番は忍びの者とは違うのですか」

「伊賀《いが》や甲賀《こうが》の方は江戸城の警備を担当するようになって、隠密《おんみつ》活動からは遠ざかったようです」

「その代わりが御庭番ですか」

「いえ、そちらは徒目付《かちめつけ》や小人目付《こびとめつけ》の方々がお役目を果たすようになりました。いわゆる公儀隠密ですね」

楠翁が首をかしげた。

「では一体――」

「将軍直属の情報機関です」

御庭番の創設者は徳川吉宗《とくがわよしむね》である。

御三家から初めて将軍の座に就いた吉宗が、老中《ろうじゅう》や側用人《そばようにん》の影響を排除するため、己の耳目となる独自の隠密集団を必要としたのだ。

「どのように御内命を受けるのですか」

「直接です」

初めの頃は御側御用御取次がいたり障子《しょうじ》越しのこともあったが、代が下がり、御庭番が昇進すると、将軍の面前に召し出されるようになった。

「ですが、御目見《おめみ》え以下でも直接、うかがうことがあったそうですよ。こっそりと秘密を調べさせるんですから、関《かか》わる人間は少ないほうがいいでしょう」

いたく好奇心を刺激されたのか、楠翁は顔を上気させて感心したようにうなずいている。

「ただ、御庭番の話でしたら、私などより叔父のほうが詳しいと思いますよ」

楠翁はそれには答えず、庭に視線を向けた。

「入江さんは横濱をどのように思いますか」

「美しい港街だと思います。とても気に入りました」

「ありがとうございます」

礼を言った楠翁の顔は喜びに輝いていた。

「私は美術品を蒐集しておりましてね。才能ある画家さんたちを支援しています。たまには自ら絵筆を執ったりもいたしますよ。ま、下手《へた》の横好きというやつで、出来はさっぱりですが」

私は、と楠翁が続けた。

「この街が自分の作品のように思えるのです」

「現実となった絵、ですか」

「現実となった彫刻であり、音楽であり、詩といってもいいでしょう。横濱は、私が生涯を懸けて作り上げた作品なのです」

「御前のおっしゃる通りです」

　ミツが言った。

「私がやって来た頃、ここは何もない小さな村でした。それがあっという間に家が建ち並び、多くの人々が行き交うようになりました。外国に向かって大きく開かれたこの港街には、海を越えて美しいものや珍しいものが毎日のように流れこんできます。私には、この街が輝いて見えるのですよ」

　そう言って楠翁は苦笑いを浮かべた。

「これは私のひとりよがりなのでしょう。私だけの力で街が大きくなったわけではありません。多くの方が力を尽くしてくださいました。この街は決して私ひとりのものではありません。それに、もっと素晴らしい場所は他にもあるでしょう。ですが――」

「この街は楠さんの作品です」

　明彦の言葉に、楠翁がうなずいた。

「私はこの街が好きなのですよ。美しいまま永遠に留《とど》めておきたいと願っています。――無謀な願いでしょうね」

「楠さんなら可能ではありませんか？　何しろ大富豪ですから。お金で解決できることはいくらでもあります」

楠翁がため息をついた。

「それがそうでもありませんよ。いろいろなしがらみや立場というものがありましてね。私が表立って何かしたと分かると都合の悪いこともあるのです」

「だから『御庭番』をお作りになった」

「ええ」

「お弁当屋さんが『御庭番』の隠れみのというのは面白いですね」

「貴方のように、ホテルに看板を出すわけにいきませんからね。私の名前はまったく出していませんから人目を引くこともないでしょう」

「楠さんの『御庭番』はミツさんおひとりなのですか」

「今のところは」

明彦の隣でミツがじっとうつむいている。

楠翁が言った。

「なかなか難しい――繊細な問題を扱うのです。なるたけ表沙汰《おもてざた》にしたくないと言いましょうか」

「イヴンス医師のような事件ですね」

楠翁が顎《あご》を引いた。

「関わる者は少ないほうがいいのです。口が堅く、そしてとびきり優秀な人物でなければなりません」

「もしかして私を勧誘なさっているのですか」

「お仕事の合間にお力添えいただけないでしょうか」

「かなり危険ですよねえ」

「それはもう間違いなく」

「私を信用なさるんですか」

「人を見る目にはいささか自信があります」

明彦はミツに向き直った。

「私が手伝っても大丈夫ですか」

途端にミツが噛《か》みつくように言った。

「馬鹿《ばか》か、あんたは。俺ではなく、御前にお答えしろ」

「だってねえ。一緒に働くのはこちらのおじいさんではなくミツさんなんですから」

「おじい……」

目をむいたミツに、明彦は微笑みかけた。

「いかがですか？　私と一緒でお嫌ではありませんか」

「それが御前のお望みならば」

「私はミツさんの気持ちを訊《き》いているんですよ」

ミツは頑《かたく》なに顔を背けていたが、やがて小さな声で言った。

「——足を引っ張るなよ」

「ありがとうございます」

明彦はミツの手を取って力強く握り締めた。

「お申し出はお受けしますよ、楠さん。ただ私には、『御庭番』というより『エージェント』といったほうがしっくりくるのですが」

それから、と明彦は指を立てた。

「このことは文弥に話します」

「あの子を巻きこむのか」

ミツが眉根を寄せた。

「あれにとっては知らないほうが不幸です。何しろ私のために生きているのですから。それにきっと役に立ってくれますよ」

明彦は立ち上がると大きく伸びをした。

「嬉しいですね、ミツさんの手伝いができるなんて」

「私どもも貴方にご助力いただけて嬉しいですよ」

「ですがどうして私を？　ミツさんは十分優秀だと思いますが」

その瞬間、ミツがわずかに目を伏せた。

楠翁が静かに言った。

「横濱に跋扈《ばっこ》する『灯台』の首領はミツの母親なのです」

「『灯台』ですか」

明彦はその名を繰り返した。

「すでにお聞き及びでしょうな」

「開港時から横濱の裏社会を牛耳《ぎゅうじ》る犯罪者組織で、首領は絶世の美女とうかがっております」

「疑っていらっしゃいますか」

明彦は首を横に振った。

「先日の不老不死薬の一件から、犯罪を行おうとする者に便宜を図ってくれる組織が存在するのではないかと考えるようになりました」

「『灯台』は江戸の頃から存在していたのですよ」

かつてはそんな洒落《しゃれ》た名前ではなかったというが、いつの頃からか、横濱にちなんで「灯台」と呼び慣らわされるようになった。

犯罪者の道行《みちゆき》を照らす灯《あか》りという意味もあるのだろうか。

「灯台」の在りようは今も昔も変わらないという。

水も漏らさぬ鉄壁の情報統制が敷かれた組織で、末端の人間は首領の顔すら知らず、指図通りに動くだけ。

そして独特であるのは、犯罪を行おうとする人間に手を貸し、その相談料を受け取るという点だ。

明彦は口笛を吹いた。

「犯罪のコンサルタントですか」

「向こうの言葉ではそう言うようですな」

「灯台」の存在は広く知られていた。

といってもむろん看板を掲げているわけではなく、本当に存在するかどうか分からないが、そういったいわば「駆け込み寺」のようなものがあるらしいと、誰もが一度は噂で聞いたことがあるという。

ごく当たり前の暮らしをしている人々にとっては、目の病《やまい》にはどこそこのお寺さんがよく効くといった程度の認識である。

「ですが、残念ながらこの組織は現実に存在するのですよ」

浜の真砂《まさご》ほどもある居酒屋から、猫だけが通り抜けるような細い路地裏にまで、「灯台」の息のかかった、もしくはそうとは知らずに情報提供者となっている人間がいるという。

そして彼らは、誰かがふと漏らした本音を耳ざとく聞きつけるのだ。

たとえば金に困っている男の愚痴《ぐち》を聞いてやりながら、その身辺を洗って「灯台」に知らせてやる。

そして「灯台」は、その男にぴったりの筋書きを作り、楽に金が手に入る方法があるが、相談料さえ支払えば教えてやってもいいと持ちかけるのだ。

ただし、依頼人との接触は一度きりである。

「灯台」からの指示が書かれた紙が届けられ、依頼人は必ずそれを焼き捨てるように誓わされた。

守らない場合は「血の制裁」が待っている。

だからこそ組織の秘密が高度に保《たも》たれているのだ。

「楠さんはどうして『灯台』をご存じなのですか」

「私は横濱と共に生きてきました。この港街については、表向きのことも裏に隠されたことも、人様よりは詳しいと自負しておりますが――」

楠翁がミツに目を向けた。

「『灯台』のことはミツを育てた人物から聞きました」

その人物は「白魚《しらうお》」と呼ばれていた。

むろん本名ではない。

若い頃、旅回りの一座で女形《おやま》を務めていたことがあるとかで、抜けるように色の白い細面の男だった。

十年ほど前のある嵐《あらし》の夜のことである。

楠翁の元に子どもを連れた白魚がやって来た。

白魚は「かくまってくれ」と一言だけ言った。

楠翁は何も言わず受け入れた。

二人は奇妙な縁で結ばれた昔馴染《むかしなじ》みだった。

「昔、喧嘩《けんか》の助《すけ》っ人《と》に行ったとき、白魚と一緒になったことがあったんですよ。ささやかな義理とはいえ、多少腕に覚えがあったものですから」

「楠さんが？」

軽く目を見開いた明彦を見て、楠翁がふっと笑った。

「それは貴方、私だって危ない橋をいくつも渡ってきたのですよ」

二人は数日、行動を共にしただけだったが、不思議とうまが合った。

だからといって友人づきあいをしていたわけではない。

その後、楠翁は出世の階段を駆け上り、横濱でも指折りの富豪になったが、数年おきに見かける白魚は、いつも古びた着物を着ていた。

あるときは薬売りとして、またあるときは植木職人として仕事を転々とし、楠翁が白魚に気づいても黙って頭を下げるだけだった。

「俺に近づくな」という白魚の無言の拒絶を感じたが、それでも楠翁は折に触れて他人に気づかれないよう声をかけ、困ったことがあったらいつでも言ってほしい、と伝え続けた。

しかし、白魚からの返事はなかった。

「後になって分かったことですが、『灯台』に関わりのあった白魚は、私に迷惑をかけまいとしていたのでしょう」

そんな白魚がかつての友人を頼ったのはミツのためだった。

白魚の「灯台」における立場は、汚れ仕事を引き受ける実行部隊だったという。

実行部隊とはすなわち、約束の金を払わない依頼人に制裁を加えたり、「灯台」にとって邪魔な人間を排除する役目である。

生来、非常に器用だった白魚は、何であれ教わるとすぐできるようになった。

それは錠前破りや変装術に始まって、炊事洗濯、果ては読み書きまで多岐にわたった。

ミツは英語を話すことができるそうだが、それは英国人の商館で働いたことのある白魚から教わったのだという。

「そのあたりを見こまれて、白魚は首領の子どもを預かることになったのです」

だが、ただの子育てではなかった。

いずれ「灯台」の役に立つ人物とするため、犯罪に必要な技術をすべて教えるという条件がついていた。

明彦はかたわらのミツを盗み見たが、彼はまるで他人事《ひとごと》のように話を聞いていた。

「母親である『灯台』の首領は一度もミツに会いに来なかったそうです。ですからミツはその顔を知りません。向こうも分かるかどうか」

白魚は「灯台」の先代首領に心酔していたので、大切な預かりものとしてミツを育てたが、やがて疑問を持つようになった。

「白魚はミツが可愛《かわい》くなったのですよ。こんなにいい子がいずれ、母親の手足となって闇《やみ》の世界で生きるのかと」

いつから白魚がミツを逃がそうと考え始めたのかは分からない。

ただ、白魚はミツに繰り返し言っていたという。

――俺の知っていることは全部教えてやる。だがそれは他人のためじゃない。お前がお前のために使う力だ。

白魚の住む家は「灯台」によって見張られていた。

嵐をついて逃げ出した白魚は楠翁を頼り、そしてミツを預けると安心したように息を引き取った。

気持ちを張り詰めて生きてきただろうその糸が、ぷつんと断たれたような死だった。

最後の力を振り絞って、白魚はミツを「灯台」から引き離そうとしたが、結局ミツは教えこまれた技術を駆使して「灯台」と対峙《たいじ》している。

世話になっただろう楠翁への恩義もあるだろうが、今のミツを駆り立てているのは白魚の敵《かたき》を取りたいという想いかもしれなかった。

明彦は思わず感嘆のため息を洩《も》らした。

「白魚さんは素晴らしい方でしたね」

「え？　あ、まあ……」

驚いたように顔を上げたミツの肩に明彦は手を置いた。

「ミツさんの女装は神業ですよ。こんなふうに育ててくださって本当にありがとうございますと、私も心から感謝しなければなりません」

「お前はそんなことしか考えていないのか」

ミツが乱暴に明彦の手を振り払った。


「どうして先生はミツさんを怒らせてばかりいるんでしょうね」

ホテルに戻った明彦から一部始終を聞かせてもらった文弥はため息をついた。

「本当のことを言っただけだ。お前だって女装したミツさんを見ているだろう」

「物事には適切な言い方と状況というものがあるんですよ」

「お前、年はいくつなんだい」

呆《あき》れた明彦の前で、文弥は白い茶碗《ちゃわん》に琥珀《こはく》色の紅茶を注ぎながら言った。

「で、今回は火事をお調べになるのですか」

「ああ」

「ですが、放火なら警察に任せておけばよいのでは」

「楠翁は放火を指揮しているのが『灯台』だとお考えだ」

「『灯台』は犯罪で商売をしているのでしょう。火事を起こしてもお金になりません」

「なるさ」

明彦は足を投げ出すと、頭の後ろで手を組んだ。

「お行儀が悪いですよ、先生」

「脚が長すぎて、すぐにだるくなる」

「運動が足りていらっしゃらないんですよ——で、どんなお金になるんですか」

「保険金詐欺《さぎ》だ」

明彦は卓子の上に置いてあったマッチを手に取った。

「自分の家に多額の保険金かけた後、火をつける」

「『灯台』が代わりに火をつけてくれるのですか」

いや、と言って明彦はマッチを放り投げた。

蜘蛛《くも》の巣のように情報網を張り巡らせた「灯台」は、己の手を汚さずに犯罪で手に入れた金の上前《うわまえ》をはねている。

「放火は特に危険が大きい。証拠の挙がりにくい方法を教えてやって、後は高みの見物だ。——そら、おまえも義母上《ははうえ》から聞いたことがあるだろう？　あっという間に家を燃やす方法なんてのを」

「はい。ご先祖様から代々伝えられた秘術とうかがいました」

「別に秘術というわけじゃない。経験を蓄積した結果出来上がった方法だ。どういった道具を使えば燃やしやすいだの、どこに火をつければ燃え広がりやすいだの」

楠翁は数え切れないほど多くの会社の設立に手を貸しているが、保険会社もそのひとつで、横濱での保険金の支払いが増大しているのを不審に思った幹部から相談を受けたという話だった。

「警察は第三者による放火と断定したが、保険会社の調査によるとジョーンズ夫妻は国元でかなりの金が必要になったそうでね」

そんな状況で火事が起きれば、すぐに保険金を狙《ねら》った放火ではないかと疑われる。

「それで『灯台』に頼んだんですか」

明彦が肩をすくめた。

「楠翁の杞憂《きゆう》ならいいんだがな。だが、本当に『灯台』が裏で手を引いているなら、横濱が燃え落ちる前に止めてほしいというのが楠翁の依頼だ。――それでは行こうか」

明彦は立ち上がると帽子を手に取った。

「どちらへ」

「ジョーンズ夫妻のところだ」


ジョーンズ夫妻は本村通りに仮の宿を取っていた。

南京町《なんきんまち》のそばの、ホテルがいくつも集まっている一角である。

帳場で用向きを伝えると、主人は好奇心を顔いっぱいに浮かべて、すぐ夫妻の部屋に案内してくれた。

夫妻が泊まっていることは知れ渡っているようで、主人によると新聞記者も来ているという。

部屋は二間だけの小さなものだったが、家具は新しく掃除も行き届いている。

明彦と文弥は窓際に置かれた背の高い椅子を勧められた。

「はじめまして。私がトーマス・ジョーンズです。それから妻のマーガレット」

トーマスはごま塩色の頬《ほお》ひげを生やした逞《たくま》しい体つきの男で、商売柄か人当たりが良く、一方、赤い髪を引っ詰めたマーガレットはひっそりとして大人しかった。

火事の衝撃が大きかったのか、二人ともどことなく疲れて見える。

「大変な時期におうかがいして申し訳ありません」

今回、明彦は探偵と名乗っていた。

日本に住む切手蒐集家から依頼を受けて、ブルー・モーリシャスを捜すことになったという役どころである。

探偵といえば色眼鏡《いろめがね》をかけて見られても仕方ないが、今日の明彦は最新流行の英国の背広を着ていた。

ゆったりとした米国式の作りと違い、英国式は身体にぴたりと合っていて、腰の上は強く絞られ、後割りは長く一尺ほど取られている。

おまけに米国時代、気品のある顔立ちと評された明彦の仇名《あだな》は「プリンス」だったという。

そんな明彦を見て、ジョーンズ夫妻も無下に追い返しはしなかった。

話は英語で進められたが、文弥も明彦に教えてもらっているので日常会話に不自由はしない。

明彦が笑顔を浮かべて言った。

「私の依頼人は高名な切手を正しい持ち主に返したいと、それだけを願っております。そしてお二人のお役に立てればと、私に話がありました」

「それは有り難いお話です」

トーマスが顔を輝かせると、隣でマーガレットが小さくうなずいた。

「つきましては、盗難と火事が起きた日の詳しい状況をお聞かせ願えませんか」

「お役に立てるかどうか分かりませんが――」

前置きして、トーマスは大きな身体をゆすると椅子に座り直した。

「あの日は私たちの結婚記念日でした。馴染みのホテルで仮装パーティーが開かれると聞いたので、それを見物しがてらホテルで食事を取ることにしたんです」

仮装パーティーといっても、必ず仮装をする必要はなく、ただ楽しむだけでもいいという気軽な趣向だった。

「お二人が留守にされることを知っていたのはどなたでしょうか」

「ネヴィル夫人です。近所の――といっても私たちの家は通りから奥まったところにありまして、夫人の家からは少し離れているのですが、以前から親しくさせていただいております。それから、あとは通いのメイドだけだと思っていたんですが――」

そう言ってトーマスが顔を曇らせた。

「狭い港街のことですから、誰が出席する、どんな仮装をするなどということが口づてに広まっていました。私たちも不本意ながら名前が知られておりましたから——」

「ブルー・モーリシャスの持ち主、ということですね」

トーマスがため息をついた。

夫妻は仮装パーティーの始まる夕方の六時頃にホテルに着いたが、思い思いの衣装を身にまとった客から口々に声をかけられた。

「ブルー・モーリシャスは留守宅の寝室に飾られたままだったわけですね。心配になりませんでしたか」

「マーガレットと帰ろうかという話をしました」

「でもお帰りにならなかった？」

「実は、ホテルに着いてから急に私の具合が悪くなりまして……」

トーマスは右手で心臓を押さえた。

「若い頃、鉱山で働いていたことがあるのですが、無理がたたって心臓を悪くしました。それ以来、ときどき胸が苦しくなるのです」

「それはご心配ですね」

「もう慣れました。何、少し休めば良くなるんですよ。それに、マーガレットは昔、看護婦をしていたんです。彼女がいれば大丈夫です」

トーマスがマーガレットの手を握ると、夫妻は微笑み交《か》わした。

結局、夫妻は急きょホテルに部屋を取り、トーマスはそこでしばらく横になることにした。

「せっかく来たのだから」と、トーマスはマーガレットに仮装パーティーに参加するよう勧めたのだが、妻は何度も部屋に戻って夫の様子を見ていたという。

「その日は切手蒐集家のパーセルさんという方も参加なさっていたとか」

「私はほとんどお話しできなかったのですが……」

苦笑いを浮かべたトーマスの隣で、マーガレットが突然、口を開いた。

「主人の具合が悪いからと何度もご説明したのに、切手の話しかしないのです。頼んでもいないのに古切手の手帳などを広げますし、わたくしがトーマスの様子を見に部屋へ戻ろうとすると後をついてきます。ホールに戻れば、料理を取りましょうか、ワインを持ってきましょうかと言いながら、とりとめのないおしゃべりを次から次へと――」

「いやはや、ああいった方は、私たちには理解できませんね」

トーマスが呆れたように首を振った。

それまで黙って話を聞いていたマーガレットが、憤懣《ふんまん》やるかたないといった調子で次から次へと並べ立てたのだから、よほど不満がたまっていたに違いない。

結局、トーマスは三時間近く横になっていたが、だいぶ具合が良くなったので夕食を食べようかと食堂に降りてきたとき、ネヴィル夫人から夫妻の居場所を聞いた消防隊が火事の知らせを届けて寄越した。

夫妻は取るものも取り敢《とあ》えず家に戻り、パーセルも二人の後を追った。

そしてその後のことは新聞で読んだ通りである。

「手紙を盗んだのは船員風の男だとお考えですか」

明彦が訊ねると、トーマスは大きくうなずいた。

「きっとそうです」

「手紙を盗んだ後、どうしてお屋敷に火をつけたのでしょうか」

「ああいった無頼漢の考えることなど私たちには分かりませんが、何かしらの証拠を消そうとしたのか、持っていた火がたまたま燃え移ったかしたのかもしれません」

トーマスは再び、マーガレットの手を握り締めた。

「実は——英国に帰ろうかと思っているのです」

「それは残念ですね」

「そろそろ国に腰を落ち着けたくなりましてね。火事の始末がついたら——」

トーマスが窓に顔を向けて目を細めた。

何かあれば力になりますと言って、明彦と文弥はホテルを後にした。

切手蒐集家のパーセルは、海岸通りにあるホテルの広い一室を借りていた。

大きな窓からは海が一望できる。

明彦と文弥が訪れると、ゆで卵のような体のパーセルが紺色の部屋着のまま現れた。

こちらも四十がらみで、頭髪が薄くなっているのがますます卵を思わせる。

「こんな姿で申し訳ありませんね」

「お加減はいかがですか」

「ブルー・モーリシャスさえ手に入れば、あっという間に元気になりますよ」

実家が富裕な食料雑貨商ということで、パーセルは自由気ままに旅行を楽しみながら、好きな切手を集めているという。

明彦がジョーンズ夫妻に言ったのと同じように自分の立場を説明すると、パーセルの表情が険《けわ》しくなった。

「ということは、ミスター・イリエ、貴方の依頼人と私はライバルということになりますね」

「そうとも言えますが、まずは切手が戻らなければジョーンズ夫妻と交渉することもできません。ここは切手を愛する者同士、協力しあったほうがよろしいのではないでしょうか」

パーセルはしばらくの間、考えこんでいたが、やがて「分かりました」と言ってうなずいた。

「貴方のおっしゃる通りなのでしょう。——ですが約束してくださいよ——ブルー・モーリシャスが見つかったら私にも教えてくださると」

「もちろんです」

明彦が微笑むと、パーセルの表情が和らいだ。

「ですがミスター・イリエ、お力添えできることはないと思いますよ。私はたまたま訪れたホテルで、ジョーンズ夫妻がブルー・モーリシャスをお持ちだということを知っただけなのですから」

「ええ、結構です。ホテルでの出来事を教えていただけませんか」

パーセルは鷹揚《おうよう》にうなずいた。

「ホテルへ行ったのは退屈しのぎのためでしたよ。仮装パーティーが開かれると聞いたので、それならちょっとのぞいてみようかと思ったんです」

ホテルへ着いてすぐに、パーセルはご婦人方の噂話からブルー・モーリシャスの件を知った。

「正直、驚きましたね。こんな極東の島国に——失礼な言い方を許してくださいよ——あの切手があるとは思いもしませんでした」

ですが、とパーセルは身を乗り出して言った。

「一八九七年にチャールズ・ハワード氏がブルー・モーリシャスを発見したのは、ボンベイでした。あのバザール——数えきれないほどのスパイスや色鮮やかな布地、がらくたと宝物がいっしょくたになって並んでいる——バザールで、古切手の山を漁《あさ》っていたときに見つけたんです。モーリシャスからボンベイの補助聖書教会に送られた手紙でした。ただ、この発見の経緯については諸説ありまして——」

明彦はさり気なく話を遮《さえぎ》った。

「つまり、モーリシャスと仏蘭西以外でも発見される可能性があるということですね」

「そう、その通りですよ。ですからここ、日本で見つかってもおかしくありません」

パーセルは鼻息も荒く言い切った。

クレイジーな人間が嫌いではない明彦に対して、文弥は礼儀正しく話を聞きつつも内心呆れていた。

「で、ジョーンズ夫妻を待っていたんですが——」

ホテルに着いた途端、トーマスの具合が悪くなったという話で、マーガレットは部屋を取ったり手当てをしたりと忙しく、なかなか話しかけることができなかった。

パーセルがようやくマーガレットと話をすることができたのは七時を回った頃で、彼女は仮装パーティーが開かれている会場の喧騒《けんそう》から離れ、ベランダに置かれた椅子にひとり腰かけていたという。

「マーガレットさんは何とおっしゃっていましたか」

「夫の具合が悪いので、今は何とも言えないと」

「それでどうなさいました」

「どうって——仕方ありませんよ。私とてご婦人への礼儀はわきまえております。わきまえておりますが——」

赤くなったパーセルは咳払《せきばら》いをした。

「多少、しつこかったと認めなければならないでしょう——何しろ私も必死でしたから——たとえ切手を目にする光栄に浴せないとしても、その手紙を送ってきたのがどういう方なのか、現在の状態はどのようなものか、もしお売りになるとしたらどの程度の値を付けられるのか、ま、それくらいはうかがっても仕方のないことかと思います」

そのときのパーセルとマーガレットの様子がありありと目に浮かぶ。

思わず苦笑いを浮かべた明彦を見て、パーセルがふくれっ面になった。

「もうすでにジョーンズ夫妻から話を聞かれたのでしょうね。私だって努力したのですよ。切手の持ち主に嫌われたくはありませんからね。ですがどうも不器用な質《たち》で——切手を扱うときだけは別ですが——ジョーンズ夫人にワインを引っかけてしまったのは、決して悪気があってのことではありません」

「そんなことが？」

「ジョーンズ夫人はお話しになりませんでしたか」

「初耳です」

パーセルはしょんぼりと肩を落とした。

「それではまだお怒りなのでしょうか——口にすらしなかったとなると——座っている彼女の頭の上でワイングラスを引っくり返してしまったんです」

文弥は噴き出すのを必死でこらえた。

「夫人は物凄《ものすご》い目で私を睨みつけましてね——ホテルのオーナーが代わりのドレスをお貸ししましょうと言ってくれたのに頑として聞かなかったんです」

「となると、ジョーンズ夫人は濡《ぬ》れたままでいたのですか」

「顔や手を手巾《ハンカチ》で拭いたりはしていましたが——ドレスはそのまま着ていらっしゃいましたよ。濡れて気持ち悪いでしょうに、女性の衣服に対する情熱は理解できませんね」

やはり他人には理解しにくい切手への情熱を持っているパーセルがため息をついた。

その後のことはジョーンズ夫妻から聞いた通りで、目新しい話はなかった。

「良いニュースを期待していますよ」

パーセルに見送られて、明彦と文弥は部屋を出た。

「ブルー・モーリシャスは見つかるんでしょうか」

海岸通りに出ると、文弥は今出てきたばかりのホテルを振り仰ぎながら言った。

「無理だろうね」

明彦が肩をすくめた。

「ジョーンズ夫妻はクロだと思います」

住吉町にある「みよし」を訪れると、明彦が弁当を注文するふりをしながらミツに話しかけた。

この店で働いているときのミツは、ごく地味な身なりの女性の姿である。

昼時分を過ぎた店内には、喧騒が過ぎ去った後のどこかのんびりとした空気が流れていて、板場から洗い物をしている音だけが聞こえてくる。

「理由は」

「後程ご説明いたします。で——地道に証拠を集めるより罠《わな》にかけたほうが早いので手伝っていただけませんか」

「ずいぶん荒っぽいな」

「お気に召しませんか」

「いや」

ミツが赤い唇の端《はし》を吊《つ》り上《あ》げた。

「早く片が付くのは有り難い」

「危険ですよ」

「いつものことだ」

「そう言っていただけると助かります。打ち合わせをしたいので、お仕事が終わったら私の部屋に来ていただけませんか」

そう言った途端、ミツが顔を曇らせたので、明彦が文弥の肩に手を置いて言った。

「逢引《あいびき》ではありませんよ。部屋にはほら、この通り文弥もいますし」

「誰もそんなことは言ってない」

「分かってますよ。マダムのことでしょう?　ですが悪い方ではありません。ただ親切心が過ぎるというだけで」

「あの女、怖い」

つい先日も、ミツが男の姿で歩いていたとき、通りの向こうから鐘が鳴り響くような大《だい》音声《おんじょう》で呼び止められたという。

そのときの様子を思い浮かべると、気の毒でもあり可笑《おか》しくもある。

「気持ちは分かりますが、女性には敬意を持って接しましょう」

明彦がなだめるように笑った。

その日、ミツがやって来たのは夜の十時を回った頃だった。

窓掛けが引かれ、いくつかの灯りがともされているだけの部屋は薄暗いが、ミツはそんな雰囲気に溶けこんでいた。

闇が似合うというのではない。

彼は静寂そのものだった。

ミツのまわりには杉木立の中で風の音を聞いているような静けさが漂っている。

彼の生まれ育ちがあのようなものでなかったら、明彦とミツはすれ違うこともなかっただろう。

まるで似たところのない二人が今、こうして顔を合わせていることを、文弥は不思議に思った。

「で?」

ミツは長椅子に腰かけると話を促《うなが》した。

明彦がジョーンズ夫妻とパーセルとの一部始終を聞かせてやった後、足を組み替えて言った。

「私が最初に引っかかったのは、ジョーンズ夫妻がブルー・モーリシャスの一件が知られた後も、手紙を寝室に飾ったままにしておいたということです」

港街には気の荒い連中が多い。

夫妻は思い出の品だからと説明していたが、であればこそ代わりはなく、盗まれたら一大事のはずで、それを金庫にも入れないというのはおかしい。

「まるで泥棒を誘っているようなものです」

ミツが切れ長の目を伏せたまま黙って聞いている。

「保険会社はジョーンズ夫妻が保険金目当てに自分たちの屋敷に火をつけたと考えましたが、火事が起きたとき、夫妻は旧居留地のホテルにいました」

だがよくよく話を聞いてみると、夫のトーマスはホテルに着くなり具合が悪くなって部屋で寝ていたという。

妻のマーガレットが何度か部屋に戻ってはいるが、彼の姿を見た者はいない。

「なるほど。ホテルを抜け出して火をつけてきたか」

ホテルでは仮装パーティーが開かれていたから、抜け出す際、大げさに顔を隠していても怪しまれなかっただろう。

また夫妻は、自分たちが来ることを皆が知っていて驚いたと言っていたが、それとなく広めておいた可能性もある。

夫妻がホテルにいたことを証明してくれる人間は多ければ多いほどいいからだ。

だが、客の中に熱烈な切手蒐集家がいたのが不運だった。

「一番納得がいかなかったのは、マーガレットさんが切手蒐集家のパーセルさんにワインを引っかけられたのを黙っていたことですよ」

女性が頭からワインをかぶってそのままというのは合点《がてん》がいかない。

夫が寝ているとはいえ部屋は取ってあるのだし、せめて髪や化粧を直したい、ドレスのしみを取りたいと思うのが女心というものだろう。

「何故《なぜ》部屋に戻らなかった」

「戻れなかったんですよ。鍵がなかったんでしょう」

明彦の住むファーイーストホテルもそうだが、防犯のため鍵は一室につき一本しか渡されない。

部屋を抜け出したトーマスは当然、鍵を掛けていっただろう。

ホテルの従業員や酔客が間違って部屋に入ってしまう可能性がないとはいえない。

誰かが中に入り、トーマスがいないことが分かれば万事休すである。

それに戻ってきたとき、まさかホールにいるマーガレットに「鍵を開けてくれ」と言うわけにはいかないので、トーマスが鍵を持って出ることになる。

しかし今度は、トーマスが戻ってくるまでマーガレットが部屋に入ることができなくなった。

何度か席を立って夫の様子を見に行ったというが、他の場所で時間を潰《つぶ》してからホールに戻ったのだろう。

他の客に「夫は部屋にいる」ということを印象づけられればそれでよかったからだ。

「マーガレットさんはパーセルさんへの不満をぶちまけましたが、もっとも腹が立ったであろうワインの件は何故か言いませんでした」

部屋に戻りたいが、鍵がなくて入ることができないということを知られるわけにはいかない。

今は何とか言い抜けなければ——彼女はそのときの焦りを思い出して口に出さなかったのかもしれなかった。

「いくつか分からないことがある」

ミツが言った。

「保険金目当てだと言ったが、その高価な切手とやらを売ればよかったんじゃないのか」

「最初からなかったんですよ、そんなものは」

金を必要としているジョーンズ夫妻の屋敷が都合よく火事になれば、すぐに保険金詐欺を疑われてしまう。

そこで利用したのがブルー・モーリシャスである。

「夫妻がブルー・モーリシャスを持っているという噂を広めた女中さんは、雇ったばかりだったといいます。わざわざ口の軽い女性を選んだのかもしれませんよ」

「だが、女中は切手を見たはずだ」

「日本人で外国の切手を見たことがある人はほとんどいないでしょう」

ブルー・モーリシャスはヴィクトリア女王の横顔が描かれているが、同じようなデザインの安価な切手は他にもある。

これがその切手だと言われれば納得しただろう。

「押しかけてきた船員はどうだ。その男がやったのかもしれない」

「その日、夫のトーマスさんはお留守でしたね。一人二役というのはどうでしょう」

ミツは小さくため息をついた。

「うまくできているな」

「やはり『灯台』の指示が――」

言いかけて明彦が口をつぐんだ。

そんな明彦を見て、驚いたことにミツがふっと笑った。

「あんたでも気を遣うんだな」

「人を何だと思ってるんです」

「いや、まあ――そうだな」

ミツはしばらくの間、笑いをこらえるような顔をしていたが、やがていつもの表情に戻ると言った。

「恐らくあんたの言う通りだろう。だが証拠がない」

「ですからミツさんにご協力いただきたいのですよ」

ミツは明彦の「罠」をすぐに飲みこんだ。

「それから、今申し上げた条件に当てはまる建物はないでしょうか。楠翁がお持ちでしたら助かるんですが」

「すぐに見つかるだろう」

明彦はほっとため息をついた。

「ミツさんと仕事をするのは楽ですね。話がすらすらと進みます。向こうでもこうはいきませんでしたよ」

「あんたも――」

言いかけてミツが唇を閉ざした。

「私も？」

「――いや、何でもない」

ミツは小さな声で暇《いとま》を告げると部屋を出ていった。

ミツの気配が消えた後、明彦は立ち上がると食器棚の隣の重い窓掛けを引いた。

そこからは丸い電球が二つ灯《とも》っているだけのホテルの玄関が見えるはずだった。

ミツの背中を見送っているのか、明彦はしばらくの間、動かなかった。

それから数日後のことである。

ひとりの女性がジョーンズ夫妻の元を訪れた。

むろん文弥はその場にいたわけではないが、後になってそのときのやり取りを聞かせてもらった。

女性は「ハナ」と名乗り、「あんたがたの手紙を預かっている」と切り出した。

「あたしはね、大事な手紙の保管料をいただけないかと思っているんですよ」

夫のトーマスは笑顔を浮かべながら訊ねた。

「どちらで手に入れたんですか」

「お店ですよ、お店。あたし、薩摩町《さつまちょう》で働いているんです。気がついたら手紙が卓子の上に置いてありましてね。そりゃ、びっくりしましたよ」

ハナは大げさに手を広げてみせた。

「どうして私たちの手紙だとお分かりになったんですか」

「ブルー・モーリシャスが貼ってあったからですよ。ならず者の船員が盗んで、お屋敷に火をつけたんでしょう」

今度はマーガレットが訊いた。

「ブルー・モーリシャスがお分かりになりましたか」

「見くびってもらっちゃ困りますよ、奥さん。あたしは外国船の船員さんのお相手をしてるんですよ。おかげさまで、海の向こうの話にはちょいと詳しいんです。それに切手の写真を見せてもらったこともありますからね」

「しかしそれが本当に――」

表情を改めると、ハナは身を乗り出して言った。

「実はあたし、お宅で働いていた女中の知り合いなんです。以前、お二人が留守にされていたとき、その子の手引きで寝室にお邪魔させてもらったことがあったんですよ。ええ、こっそりとね」

そう言うと、夫妻の顔色が揃って変わった。

「でもあれはブルー・モーリシャスじゃなかった」

ハナは挑むように言った。

「何を馬鹿な――」

「安心してくださいよ。このことは誰にも言ってません。寝室で切手を見たときだって、何も言わなかったんだから」

ハナは畳みかけた。

「旦那《だんな》さんも奥さんも、あの切手のことはよくご存じだったのに、自分たちが持っている切手はブルー・モーリシャスだと言い張って誰にも見せなかった。そうこうしているうちにお屋敷が燃えちまったんだ。切手は盗まれたのか、火事で焼けたか知りませんけど、大損したあんたがたを疑う人なんているわけがない」

「屋敷を燃やして私たちに何の得がありますか」

「保険金を掛けていたんでしょ。横濱でも流行《はや》りですよ」

目配せし合ったジョーンズ夫妻を見て、ハナは嗤《わら》った。

「怖いことは考えっこなしですよ。あたしはここへ来る前、お店に行き先を伝えてきましたからね」

ハナは四つ折りにした紙片を差し出した。

「あたしの連絡先です。色よい返事をお待ちしてますよ」

そう言い放つと、ハナは部屋から出ていった。


その後の報告とご機嫌うかがいということで明彦と文弥がジョーンズ夫妻のホテルを訪れたところ、夫妻の顔色は以前より冴《さ》えないように思われた。

だが、明彦は二人の様子に構わず、これまで引き受けた調査の話を面白可笑《おもしろおか》しく聞かせてやった。

「ある仏蘭西人のおばあさんなんですが、海岸通りで巾着《きんちゃく》を落として困っていたところを、日本人の若い娘さんが見つけてくれたというんですよ。その娘さんは急いでいたようで、すぐにいなくなってしまったんですが、是非お礼を言いたいとおっしゃるので、手がかりは少なかったのですが何とか捜し出したんです。外国船の船員相手の店で働いている娘さんでした」

明彦の話を聞いた途端、夫妻は身を乗り出して言った。

私たちもかつて、ある女性に助けてもらったことがあるが、ハナという名前と、やはり同じように外国船の船員相手の店で働いているということしか分からない。

お礼を言いたいので、捜してもらえないだろうか――。

住所の他にも、性格や趣味、仕事ぶりや生活状況なども調べてほしいという奇妙な依頼だったが、明彦は二つ返事で引き受けた。

そしてすぐさま、詳細な報告書を夫妻に届けた。

ハナという女性は山手にある古い家にひとりで住んでいる。

といっても外国人の住宅に併設された召し使い用の別棟のひとつで、母屋は無人のまま。

添付した地図から分かる通り、周囲に建物のない寂《さび》しい場所で、火事で燃えた夫妻の家とよく似た立地ながら、薄い板張りの小屋で、不用心にも外から巾の様子をうかがえる。

また依頼通りに、彼女が出勤する曜日や家に戻ってくる時刻に加えて、無類の酒好きであり、贔屓《ひいき》の客から贈られた酒を片端《かたはし》から飲んでしまう、というようなことまで書き添えた。

明彦と文弥の前で、夫妻は顔を寄せ合って報告書を読みながら満足そうにうなずいた。

ハナがジョーンズ夫妻の元を訪れてから二週間後の夜のことである。

今夜も千鳥足で帰ってきたハナは、不在中に届けられた小包を見つけた。差出人に見覚えはなかったが、開けてみると高価な酒が入っている。気のある客からのプレゼントだろうと、ハナはすぐさま封を開けて酒を飲み、そのまま寝入ってしまった。

後になって調べたところによると、やはり酒には麻酔薬が入っていた。妻のマーガレットが以前、看護婦をしていたことから薬を手に入れる方法を知っていたという。

――ハナが帰宅してからどれほど時間が経《た》っただろうか。

家のまわりで二つの影が動いた。

木陰にひそんで暗さに目を慣らしていたのか、影は素早く家に近づくと、中の様子をうかがった。

窓掛けすらない硝子窓からは、台所で寝入っている女の姿がよく見えた。影はうなずき交わすと、二手に分かれて家をぐるりと回った。

と、ふいに暗闇に火が灯った。

やがて小さかった火が次第に大きくなっていく。

夜空に向かって伸びていく炎が、小さな家を明るく照らし出した。

横濱税関の職員たちが飛び出したのはこのときで、慌てふためいて逃げようとするジョーンズ夫妻はあっさりと捕らえられた。

一方で明彦は、夫妻になど目もくれず、今や炎に包まれている家の中に飛びこもうとした。

「先生」

文弥も後を追おうとしたが、その瞬間、脇《わき》から伸びてきた手が明彦の腕を摑《つか》んだ。

「死ぬ気か」

現れたのは「ハナ」に化けたミツだった。

「ミツさん……」

「それが望みなら止めないがな」

いつもと変わらぬ涼しげな表情のミツを見て、明彦が肩の力を抜いた。

ひんやりとしたレンガ造りの建物を出た途端、明彦が強い日差しの中に見知った顔を見つけて駆け寄った。

「ミツさん。どうかなさったんですか」

「ホテルでここだと聞いた」

セツから必死に逃げてきたのだろうが、しかめ面を隠そうともしないミツに、文弥は思わず苦笑いを浮かべた。

ミツは今日も白いシャツを着ていた。

いかにも酒場の女給らしい色っぽい姿をしていたミツは今も記憶に新しいが、今のように気取らない格好が彼らしい気もする。

ジョーンズ夫妻が捕まってから十日ほど経った日の午後、明彦と文弥は横濱税関を訪れた。

海岸通りにあるこの建物はレンガ造りの二階建てで、中央に円塔をのせた姿をしている。

「叔父に改めてお礼を言いに来たんですよ」

明彦の叔父である本橋主税は横濱税関長である。

ジョーンズ夫妻を現行犯で逮捕するため、密輸品の受け渡しが行われているという情報を流して税関職員に臨検を依頼したのだ。

実際に捕まったのは密輸犯ではなく放火犯だったが、本橋は何も言わなかった。

明彦とミツが並んで海岸通りを歩き始めたので、文弥はその後をついていった。

「あれ以来、火事がなくなったな」

「『灯台』は慎重だといいますからね。しばらく同じ手は使わないでしょう。——楠翁は何とおっしゃっていましたか」

「満足されていた。あんたを気に入ったようだ」

「ミツさんには敵《かな》いませんよ」

「俺は結局のところ信用されていない」

ミツは海に目をやりながら言った。

「『灯台』の首領は俺の母親だ。いざとなったら寝返るかもしれないとお考えだろう」

「まさか」

「誰にでも弱点はある」

だが、とミツの口調に笑いがにじんだ。

「あんたにはなさそうだな。迷うこともためらうことも――」

「人を何だと思っているんです」

「羨《うらや》ましいよ」

足を止めた明彦を振り返ることなく、ミツはひとりで歩いていく。

紺色の海から吹き寄せる涼しい風がミツの髪を揺らしていた。

第三話　港の青年

今思い返しても、これはあの人にうってつけの「遊び」だった。

「お前にこの面白さが分かるかな」

あの人は何度も言っていた。

「人が思い通りに動くんだ。そりゃもう必死になってね。芝居なんて目じゃないよ。あんな作りものじゃあ、面白くもなんともない。しくじったところで死ぬわけじゃなし」

そのふくれっ面《つら》は子どものように愛らしかった。

実際のところ、これはあの人にとっての「遊び」だったのだろう。

茶席風にしつらえた四畳半に文机《ふづくえ》が据えられ、目の前には丸窓、横に気に入りの軸を掛けた床の間――それがあの人の部屋だった。

机の上には書きかけの紙と文鎮が置かれ、墨の香りがいつも漂っていた。

邪魔にならないようにと気配を殺し、障子《しょうじ》を細く開けて細い背中をのぞき見るのが楽しみだったが、あの人はいつも気づいて振り返った。

「悪戯者《いたずらもの》め」

その笑顔は今も心から消えてはいない。

いつのことだったろう。

珍しく考えあぐねていたあの人に、ほんの思いつきを話してみたのは――。

叱《しか》られると思っていたのに、あの人は手を打って喜んでくれた。

「そりゃあいい」

そのときの嬉《うれ》しさをなんと言ったらいいのだろう。

ただただ、あの人に褒められたことが嬉しかった。

「お前はよく、こんなに細かいところまで作りこむものだね。首の後ろにほくろがあるだの、近所に柳の木があっただの――お前は私よりずっと力があるかもしれないよ」

死ぬまで続くだろうと思っていた暗く険しい道にお天道様《てんとさま》の光が差したのは突然だったが、それが奪われたのもまた突然だった。

あの人が死んだと聞かされて、すぐに後を追うつもりだったのだ。

迷いもしなかった。

だが、いつもの場所に投げこまれた文《ふみ》を見たとき、当たり前のように身体《からだ》が動き、あの人の文机の前に座っていた。

手はすらすらと動いた。

あの人に教わったすべてが血肉となっていた。

そして書き終え、筆を置いたとき、分かったのだ。

あの人は生きている。

この身体の中で生きている。

あの人と一緒に「遊び」続けていさえすれば、決して離れることはないのだ――。

涙が流れた。

哀《かな》しみの涙はとうに涸《か》れ果てていたが、そのとき溢《あふ》れ出《で》たのは喜びの涙だった。

あれからどれほどの年月が経《た》ったのか。

生きた人間を思い通りに動かす面白さはいまだによく分からないが、あの人の愛した「遊び」をずっと続けてきた。

あの人が聞いたら、この目の前に広がる光景を信じるだろうか。

海には外国の船が並び、目も髪の色も様々な人間たちが街を行き交っている。

変わった。

何もかも変わった――この心以外のすべてが。


賑《にぎ》やかな女性たちが部屋を出ていった途端、明彦《あきひこ》が椅子《いす》に沈みこんだ。

今日の依頼人は五人の女性である。

いずれも、ここ横濱《よこはま》の上流階級に属する四十代から五十代のご婦人で、明彦が招かれるパーティー等でよく見かける顔触れだった。

昔から見事な女性あしらいを見せる明彦も、口が達者な五人もの女性に取り囲まれるとさすがに疲れるらしい。

「一対一なら負けないんだが、五人同時に相手をして、平等に愛想《あいそ》を振りまくというのは私でも難しくてね」

水を差し出して、文弥《ふみや》は真剣に考えこんだ。

「僕もできるようになるでしょうか」

「お前にできないこともないだろうが、まだ早いよ」

そう言って明彦が水を一息に飲み干したとき、扉をノックする音が聞こえた。

「お邪魔かしら」

入ってきたのはホテルの女主人であるセツだった。

「マダムが邪魔なことなどあり得ませんよ」

「板垣《いたがき》夫人とそのお仲間がいらしてたでしょう」

好奇心に目を輝かせながらセツが椅子に腰を下ろした。

「さあ、どうでしょう」

「立派な探偵さんね。この横濱にも、探偵とは名ばかりのごろつきがいるという話ですよ。人様のことをあれこれと調べて――あら、ありがとう」

文弥が紅茶を差し出すと、セツが顔をほころばせた。

「入江《いりえ》さんがお持ちのお茶碗はどれも素敵ね。楠様のパーティーで出されたものが一番良いと思っていたけれど、こちらのほうが好みだわ」

そう言ってセツは飾り棚に目をやった。

上段には硝子瓶《ガラスびん》がずらりと並び、下段には茶碗がいくつも並んでいる。

「入江さんがちゃんとした探偵さんだってことは私も知ってますよ。そんな方に部屋をお貸しできるのは嬉しいわ」

「ありがとうございます」

「部屋代は前払いで気前よく払ってくれるし、文弥ちゃんがいるから手もかからなくって楽だし」

「むしろ、そちらを評価していませんか」

「そんなことないわよ」

セツがごまかすように笑った。

「入江さんは本当に大切なお客さんなの。だからこれから話すことは私のひとり言。今、いらっしゃった方々からうかがった話かもしれないけれど——」

セツが真顔になった。

「入江さんに、つまらないことに巻きこまれてほしくないのよ」

伊勢佐木町《いせざきちょう》に常盤座《ときわ》という芝居小屋がある。

横濱で実際に起きた事件や事故、噂《うわさ》になった出来事をいち早く芝居に仕立てることで有名な小屋だった。

ここで何ヵ月にもわたって好評を博している芝居があった。

『港の青年』という題目で、とりわけ女性たちから圧倒的に支持されていた。

筋は誠に単純である。

佐助《さすけ》という若い男が商売の元手を稼ぐために横濱へやって来る。

しかし現実は厳しく、様々な試練に遭うが、持ち前の明るさと優しい心で乗り越え、くじけず働き続けるという話である。

「入江さんはご覧になったことがあるかしら」

「残念ながらまだ拝見していませんが、評判は聞いていますよ。マダムはいかがですか」

訊《たず》ねるとセツが顔を赤くした。

「そうね、何度か――まだ十回にはなっていないと思うけれど」

明彦がヒュッと口笛を吹いた。

女性たちの間で熱病のように流行《はや》っていると聞いていたが、文弥にもようやく実感が湧《わ》いた。

セツが言い訳するようにつけ加えた。

「あの織田《おだ》夫人も贔屓《ひいき》でいらっしゃるのよ。私などと違って教養のある方だし、あの方が良いとおっしゃるなら――」

「織田夫人はマダムに大変感謝なさっておいででしたよ。先日の夫人のパーティーでは料理人を紹介するだけでなく、余興までお考えになったとか」

「私にできることといったらそれくらいですよ」

そう言いながらもセツは嬉しそうに笑った。

『港の青年』は、芝居作者がたまたま港で出会った男性から聞いた話を、本人の名前や実在する店名等を変えて芝居に仕立て上げたというが、それが座付き役者にぴたりとはまった。

おまけに木戸銭が八銭程度だったこともあり、当初は手巾《ハンカチ》工場の女工員たちが小屋を埋め尽くしたという。

続いて、遠巻きに見ていた富裕な婦人たちも詰めかけるようになり、『港の青年』の人気は決定的となった。

おかげで常盤座はほくほく、伊勢佐木町も賑わって万々歳というところだったが、芝居小屋では客同士の反目が起きるようになった。

「本当に馬鹿《ばか》な話なのよ」

セツがため息をついた。

そもそも『港の青年』の良さを認めたのはあたしたちだと主張する女工員たちと、横濱で認められるようになったのはわたくしたちのおかげだという婦人たち――中心は「板垣会」と呼ばれる板垣夫人とその取り巻き――が張り合って、幕が上がるのが遅れたこともあったという。

そんなところへ現れたのがある若い女性だった。

名は「キヨ」。

信州の出で、年は二十歳。

二年前、たったひとりの兄が「一旗揚げてくる」と家を出ていったそうで、最初の頃は数週間おきに手紙が届いていたそうだが段々と間遠になり、今年の四月に手紙が届いたのを最後にとうとう音信不通となったため、自ら横濱へやって来たという。

日本中から人が流れこむこの港街においては珍しくもない話だったが、彼女が一躍有名になったのは『港の青年』のためだった。

それまで、キヨは芝居を見たことがなかったという。

しかし、たまたま常盤座の近くにある旅館に宿を取ったキヨは、自分と年恰好《としかっこう》の変わらぬ女性たちが夢中になって話をしている芝居に興味を持ち、木戸銭を払った。

小屋の中で彼女は腰を抜かすほど驚いた。

『港の青年』はキヨの兄だったからだ。

兄の名前は「佐吉《さきち》」で、芝居の「佐助」という名前にそっくりだし、年も同じ、何よりその優しい気性が、幼い頃から見続けてきた佐吉そのものだった。

「兄さん」と叫んで、キヨは思わず舞台に駆け寄った。

芝居は大混乱に陥《おちい》ったが、常盤座はかえって喜んだ。

話題になればなるほど有り難いからで、すぐにキヨを芝居作者の長塚永堂《ながつかえいどう》に引き合わせてやった。

その結果は驚くべきものだった。

「佐助」は本当にキヨの兄だったのだ。

長塚はモデルとなった人物を克明に観察し、また彼から詳細に聞き取りをしていた。それらをすべて反映させるわけではないが、そういった細かい点まではっきりとさせておくことが、良い芝居につながると考えていたからである。

長塚は当初、キヨに会うことを嫌がっていたという。芝居に夢中になった若い娘が、都合よく家族と結びつけているだけだろう、くらいに考えていたからである。

だが、キヨの話を聞いているうちに、長塚も彼女は本物だと認めざるを得なくなった。キヨの話す佐吉の身体的特徴や幼い頃の思い出は、芝居に出さなかった点も含めて書き留めた控《ひか》えとぴったり合っていたからだ。

長塚の驚きは大変なもので、幽霊でも見たかというほど青ざめていたという。

「で、妹さんはお兄さんに会えたのですか」

明彦が訊ねると、セツは首を横に振った。

恐らくキヨも、すぐ兄に会えると考えただろう。

何しろこの芝居は本当の話で、長塚は実際、佐吉に会っているのだ。

「お芝居は明るい終わり方なのよ。これから何もかもうまくいくだろうって期待させて幕が下りるの」

しかし、長塚が聞き取りをした当時、佐吉の状況は必ずしも良くなかったようで、どちらかといえば苦しい胸の内を吐露する、というふうだったらしい。

ならば他の土地に移ってもよさそうなのだが、山奥から出てきた佐吉は、海に向かって開けた横濱をことのほか気に入り、ここから動く気はないらしかった。

その後、『港の青年』が大当たりして多くの人に知られるようになったので、長塚は佐吉が何か言ってくるだろうと思っていたそうだが、まったく音沙汰《おとさた》がなかった。

モデルである佐吉に会わせてくれという贔屓客からの声は引きも切らなかったが、長塚が黙して語らなかったのは、彼も佐吉の居場所を知らなかったからだ。

だがそれさえも、「佐助さんは奥床しい方だから名乗り出たりしないのよ」と、女性客からは好意的に見られたというから、人気があるというのは有り難いことである。

さて、長塚の話を聞いてがっかりしたキヨだが、実際《じっさい》に兄に会った人間がこの横濱にいるのだからと気を取り直し、得意の仕立ての腕を活かしながら兄を捜すことにした。

セツが肩をすくめて言った。

「で、この娘さんを利用しようとしたわけね」

あの佐助の本当の妹ということで、キヨに救いの手を差し伸べたのが板垣会である。

まず、彼女が住む家として、閑静な一軒家を提供しようと申し出た。

が、キヨはあっさりとこれを断った。

見ず知らずの方からそこまで親切にしていただくわけにはいかないし、何より街中にいたほうが兄を捜しやすいからと、誠にもっともな言い分で、板垣夫人たちは引き下がるしかなかった。

この対応に、女工員たちは拍手喝采《はくしゅかっさい》を送った。

金に飽かせて恩を売ろうという態度が見え見えで、それをはねつけたキヨに、「さすがは佐助さんの妹」と彼女にまで人気が集まった。

「私も常盤座でキヨさんにお会いしたけれど、しっかりとしたいい娘さんでしたよ」

「マダムがおっしゃるのですから間違いないでしょうね」

だが、板垣会も引き下がらなかった。

キヨが絶対に抗《あらが》えない申し出をしたのだ。

「腕利きの探偵さんに頼んで、お兄さんの行方《ゆくえ》を捜してやろうと言ったのよ。つまり、入江さんのことね」

「横濱には他にも探偵がいると思いますが」

「板垣夫人は美男の探偵さんともおっしゃったそうよ」

「ああ、それなら私ですね」

文弥は天を仰いだ。

「だから、入江さんが佐吉さん捜しを依頼されることは、横濱中に知れ渡っているのよ」

「光栄です」

「でも、今お話しした通り、女同士の意地の張り合いから始まったことですからね」

たかが芝居で何をそこまで大騒ぎするかと、冷めた目で見ている人間も多いだろう。

もしこの依頼を引き受ければ、つまらないことにかかずらってと、明彦の評判を下げることになりはしないかとセツは心配しているのだ。

「私の評判が悪くなって依頼が来なくなれば、部屋代が支払えなくなりますからね」

「そんなことを言ってるんじゃありませんよ」

「申し訳ありません、マダム」

明彦は言った。

「お心遣いには感謝しますが、依頼は依頼です」

セツは仕方なさそうにうなずいた。


翌日の午後、明彦の叔父である本橋《もとはし》がファーイーストホテルにやって来た。

昼過ぎから雨風が強くなり、窓から見下ろすと、行き交う人々がぬかるんだ道を足早に駆けていく。

蝙蝠傘《こうもりがさ》を文弥に預けた横濱税関長は、椅子に腰かけるなり言った。

「大がかりな密輸が計画されている」

「本橋税関長が着任して以来、密輸は減少の一途を辿《たど》っているとうかがっております。何しろ叔父様はご婦人方には甘いですが、港の治安を乱す者には悪鬼羅刹《らせつ》のごとくですから」

「褒めているのかね」

「もちろんです」

大真面目《おおまじめ》にうなずいた明彦を見て、ようやく本橋が笑顔を見せた。

どういうわけかこの義理の叔父は、幼い頃から明彦を目に入れても痛くないほど可愛《かわい》がっていたという。

文弥の差し出した茶碗を口元に運びながら本橋は言った。

「君の言う通り、密輸の取り締まりはかなりの成果を上げている。港の監視を突破するのは至難の業だろう」

取り締まりを徹底し過ぎて、紐《ひも》で縛りつけたトランクを開けさせたはいいが、次にはどうしても蓋《ふた》が閉まらず、税関が葛籠《つづら》を取り寄せてやったという話までもが新聞に載るくらいである。

「それでは何故《なぜ》、心配なさっているのですか」

「その密輸を手引きするのが『灯台』だからだ」

眉《まゆ》を上げた明彦を見て、本橋が言った。

「最初から話そう」

今月の初め、洋酒を密輸入しようとした男が捕まった。

北本《きたもと》という名で年は三十五、外国貿易船の乗組員である。

「この男は指定外の波止場から陸揚げして関税を回避しようとした」

「関税法第七十五条及び八十三条違反ですね」

「君はよく勉強している」

本橋が満足そうにうなずいた。

北本は要注意人物として税関に目をつけられていたが、抜け目のない男でなかなか尻尾《しっぽ》を摑《つか》ませなかった。

だが、今回は密《ひそ》かに陸揚げ日時の情報が税関に寄せられ御用となった。

「北本によると、密告したのは『灯台』だと言うんだ」

監視の目をそらすために密輸の情報を流したに違いないという。

警備が一ヵ所に集中していれば、それ以外の場所で犯罪がやりやすくなるからだ。

「どんな犯罪ですか」

「それが分かれば苦労しないよ、明彦。犯人が下手《へた》を打つから捕まるのであって、うまくいけば誰にも知られることはない」

ところで、北本は「灯台」のせいで捕まったと主張したが、実際のところは分からなかった。

「灯台」の情報網は横濱中に張り巡らされているというから、密輸の情報を得るなどお手の物だろうが、実際のところは身内の裏切りかもしれないし、どこからか情報が漏れていた可能性もある。

だが北本は「灯台」が密告したと信じていた。

本橋が口元を緩《ゆる》めた。

「北本は『灯台』を嫌っていてね。強盗であれ密輸であれ、ひとつの道に専念すべきだし、何より犯罪は自分の手を汚してこそ意味があるのであって、口だけ出すのは邪道だと常々言っていたそうだよ」

思わず呆《あき》れた文弥に、明彦が言った。

「人には人それぞれのプライドがあるということだよ、文弥」

明彦の言葉に本橋がうなずいた。

「『灯台』のプライドは自ら手を汚さない、だろうね」

「灯台」憎しの北本はある情報をもたらした。

「近々、『灯台』がある凄腕の一匹狼から依頼を受けて大がかりな密輪を指示するというんだ」

北本は密輪の代行もやっていた。

これまでの「実績」に惹《ひ》かれて依頼者が後を絶たなかったというが、税関の締めつけが厳しくなってからは失敗して積み荷を没収されることも多かった。

そのためか、一度、北本に接触を図りながら、「あんたのところは信用できない」と捨て台詞《ぜりふ》を吐《は》かれたこともあったという。

そしてその依頼者が「灯台」に乗り換えたという噂を聞いて、北本は怒り心頭に発した。

「それは頭に来たでしょうねえ」

「事情聴取をした者によれば、今でも怒りが収まらないようでね。話をしながら顔を真っ青にしてぶるぶる震えていたそうだよ」

　だからこそ北本は、「灯台」と同じくらい嫌っている税関に密告したわけだが、さすがに鉄壁の情報統制を誇る「灯台」だけあって、そこから先の詳しい話は分からなかったという。

　密輸入なのか密輸出なのか分からないし、何を扱うのかも分からない。

「これまでに様々な密輸方法を見せられてきたが、いやはや、金のために人間が絞り出す知恵ときたら――」

　本橋が苦笑いを浮かべた。

「税関には密輸に関する情報の蓄積がある。我々の知っているやり方ならば捕まえることができるだろうが、相手が『灯台』となるとどんな手を考え出すか――」

　明彦は茶碗と受け皿を卓子《テーブル》の上に置くと言った。

「分かりました。叔父様の力になれるよう力を尽くします」

「助かる」

　本橋がようやく愁眉《しゅうび》を開いた。


　その夜、ミツが白シャツ姿で現れた。

　ミツがホテルへやって来たのは、明彦の言伝《ことづて》を持っていった文弥が、セツは今夜留守にしていると教えたからだろう。

女傑である彼女は旅館組合のひとつを束《たば》ねている上、ホテルで働く質の良い従業員を確保するための桂庵《けいあん》までやっていた。

腕の良い料理人を探してあちらこちらの店に行っているかと思えば、夜学校の運営に関《かか》わり、将来性のある子には援助まで行っているというから、まさに八面六臂《はちめんろっぴ》の活躍である。

今日の会合では、近頃、横濱への流入が激しい偽札対策ということでことに力が入っていたらしく、文弥の目には戦場に赴く女将軍のように見えた。

そんなセツはミツを気に入っているようだが、ミツのほうは敬遠していた。

確かに飛び抜けて勢いのある、かなり押しの強い女性だが、そこまで避けなくてもと言っても、ミツは「あの女、怖い」と繰り返すだけである。

「遅くなった」

ミツは音もなく部屋に入ってきた。

相変わらず周囲の風景に溶けこんでしまうほど目立たないが、化粧をすると艶《あで》やかな美女に変わるし、必要とあらばどんな女性も演じる。

明彦が楠《くすのき》翁《おう》の仕事を引き受けているのは、ミツのような有能な人物と仕事ができる楽しさがあるからだという。

「お店が忙しいのではないですか」

「長居はできない」

ミツが素っ気なく言った。

椅子《い》に腰かけもせず、壁にもたれている。

「紅茶をお淹れしますので、どうぞお座りください」

文弥の勧めにミツはかすかに笑って小さく首を振った。

「俺はいい。夜更かしは子どもに毒だ。休めないのか」

文弥は黙ってうなずくと、大人しく部屋の隅《すみ》に控えた。

「ミツさんは文弥には優しいですよね」

「子ども相手に何を言ってる」

ミツがうんざりとした顔を向けた。

「あんただって忙しいんだろう。芝居に出てくる男の行方を捜すと聞いたが」

「耳が早いですね」

「横濱中が知っている」

「それだけ評判になっているなら、その男性の耳にも入っている可能性が高いはずです。どうして自ら名乗り出てこないのでしょう。私の手間が省けて助かるんですが」

「悪事を働いているか、死んでいるかのどちらかだろう」

明彦がため息をついた。

「ミツさんもそうお考えになりますか」

板垣会の仕切りで、明日キヨに会うことになっているが、人捜しそのものより、見つかった後のほうが厄介かもしれなかった。

「で？」

早速、明彦が本橋から聞いた話をすると、ミツは細いあごを引いた。

「御前からうかがっている」

「さすが楠翁ですね。何でもご存じだ」

恐らく警察や税関の情報は筒抜けなのだろう。

「今日明日にでもあんたと話をするつもりだった」

「嬉しいですね。心が通じ合っているようではありませんか」

ミツが心底不愉快そうに顔をしかめたので、明彦は笑ってごまかした。

「そのう――ミツさんはすでに動いていらっしゃるのですか」

「とある国の公使に近づいている」

「理由は」

「洋酒輸入業者と結託して輸入税免除を悪用しているらしい」

「公使が、ですか」

ミツが鼻で嗤《わら》った。

「あんただって何人も悪人を見てきたんだろう？　その中に生まれも育ちも立派な人間はいなかったのか」

「まあ、確かにおっしゃる通りですね」

公使は輸入税免除の特権を持っているため、公使館で使用すると主張して外務省から無検査無関税の通関許可証を手に入れて洋酒を不正輸入した疑いがあるという。

だが、税関の取り締まりが厳しくなってきたため、思うように輸入ができなくなった。懐《ふところ》が寂《さび》しくなった公使はあるパーティーで、「『灯台』に相談しなければならないな」と口にしていたらしい。

「いずれにしろ噂だ。はっきりしない。だから調べている」

「女性の姿でですか」

「その公使は女好きだからな」

「危険ですよ」

「俺たちがやっていることに安全なものなどあるのか」

突然、満面の笑みを浮かべた明彦を見て、ミツが怪訝《けげん》な表情になった。

「何を喜んでいる」

「いえ、何でもありませんよ。No problem. で All right. です」

「変な奴《やつ》だな」

文弥には明彦の考えが手に取るように分かった。

これまで孤軍奮闘してきただろうミツが、当たり前のように「俺たち」と言ったのだ。

これが喜ばずにいられようか――だが、ミツに言えば機嫌が悪くなるに決まっていた。

「今のところ、あんたに動いてもらう必要はない。兄捜しに専念するんだな」

「実は板垣会のご婦人たちから、もうひとつ依頼されたんですよ」

「何だ」

「キヨさんのボディーガードです」

ミツが形の美しい眉を上げた。

「彼女がお兄さんを捜して帰りが遅くなった日、暗闇《くらやみ》で切りつけられたそうです」

「何だと」

命に別状はなかったが、手に怪我《けが》をしてしまい、しばらくの間、仕立ての仕事はできなくなったという。

「何故、彼女が狙《ねら》われる」

「分かりません」

「警察に届けたのか」

「キヨさんが断ったそうです。はっきりとはおっしゃらなかったそうですが、警察に関わるのはまともな人間ではないとお考えのようです。田舎《いなか》からお出《い》でになった方ですから仕方のないことでしょう」

ミツが口元を緩めた。

「探偵ならいいのか」

「板垣会のご婦人たちが熱心に勧めてくださったとのことです。ご期待に添えるかどうか分かりませんが」

「あんたが女に甘いのは知っている」

文弥がしきりにうなずくと明彦に睨《にら》まれた。

「だが、彼女がどう考えているにしろ、ひとりにしておくのは危険だろう」

「それがなかなか気丈な女性でしてね」

キヨを格好の宣伝材料と考える常盤座が、若い衆を護衛につけようと申し出たのだが、出歩くときは気をつけるし、夜は外出しないようにすると言ってはねつけたらしい。

「ですから私のボディーガードも断られるかもしれません」

「あんたみたいな男なら大喜びじゃないのか」

明彦が思いっきり身を乗り出した。

「褒めていただいていると思ってよろしいですか」

「勝手にしろ」

ミツが肩をすくめて部屋を出ていこうとした。

「ミツさん」

「何だ」

「何かあったらすぐにおっしゃってください。お弁当屋さんと兼業では大変でしょう」

ミツが目を丸くした。

「あんた——普段は他人にお構いなしのくせに、妙なところで気を遣うんだな」

「人を何だと思ってるんです」

「弁当屋のことなら気にしなくていい」

ミツが楠翁の依頼で忙しいときは、受ける注文の数を減らすか、店に取りに来るという条件で引き受けるようにしているという。

「それに板前さんが弁当を運んでくれることもある」

「よくもあれほど美味《おい》しい弁当を作ることができるものですね。冷めても美味しかったですよ」

「楠翁の気に入りで、ずっとそばから離さなかったという話だ」

板前の富雄《とみお》は若い頃に引き抜かれて以来、ずっと楠翁の屋敷で料理を作ってきたという。

「人前には出たがらないし、今は楠翁との関わりが知れないように素性も隠している」

それだけを言うと、ミツは来たときと同じように音もなく帰っていった。

おずおずと入ってきたのは中背の若い女性だった。

地味な着物を着ているが姿形は良く、色白で顔立ちも美しい。

「キヨ、と申します」

洋式のホテルが珍しいのか、あちらこちらと視線を向けているキヨの左手には、目を射るような白い包帯が巻かれていた。

「はじめまして、入江明彦と申します。横濱で探偵をしております」

明彦に笑顔を向けられて赤面したキヨを見て、文弥は小さくため息をついた。

当初は板垣会の面々も同席すると主張していたのだが、明彦は口の上手さをいつも以上に発揮して丁重にお断りした。

彼女たちがいては、キヨが言いたいことも言えなくなるかもしれないし、何より明彦に外野にまで気を遣う余裕はないだろう。

「どうぞそちらにお座りください。紅茶はお好きですか」

少しずつ落ち着きを取り戻してきたのか、キヨの表情が柔らかくなっている。

文弥の淹れた紅茶に顔を寄せて「いい匂《にお》い」と顔をほころばせた。

「お兄さんを捜しに横濱までいらっしゃるとはご立派ですね。ずいぶん大変な思いをされてきたのでしょう」

「皆さんによくしていただきましたので……」

「及ばずながら、私もお力添えしたいと思っております。早速ですが、お兄さんのことを教えていただけますか」

キヨが真剣な顔でうなずいた。

二人は信州の農家に生まれた。

たった二人きりの兄妹《きょうだい》で、優しく面倒見の良い佐吉は、キヨに文字の読み書きまで教えてくれた自慢の兄だった。

家は貧しく、子どもの頃から農作業を手伝うかたわら、手先が器用だったキヨは仕立て物を引き受けて家計を助けた。

そんなキヨを佐吉はいつも褒めてくれたという。

「キヨさんにはほとんど訛《なま》りがありませんね」

「近所の家の若奥様が東京から嫁《とつ》いできた方だったんです。とても可愛がってくださって、言葉遣いも直してくださいました」

両親が揃《そろ》って流行り病で死んだのは、キヨが十六のときだった。

もちろん哀しかったが、佐吉がいたので不安に思うことはなかった。

だが、その佐吉が横濱へ行くと言い出したのだ。

あるとき、隣村出身の青年が外国に渡って成功し、立派な身なりで故郷に錦《にしき》を飾った。

彼は横濱で金を貯《た》めて上海《シャンハイ》に渡り、その地で商売を始めたところ大当たりしたという。

佐吉はその話に感化されたのだ。

キヨは必死になって止めたが、佐吉の決心はゆるがなかった。

必ず大金持ちになってお前のところに戻ってくると言って、村を出ていったのが二年前である。

「佐吉さんからの手紙をお持ちですか」

「四月に届いたものだけ持ってきました」

そう言ってキヨは懐から封書を取り出した。

「読んでもよろしいでしょうか」

うなずいたキヨを見て、明彦がざっと目を走らせた。

「特に変わったことは書いてありませんね」

キヨに封書を返しながら、明彦が訊ねた。

「失礼ですが、佐吉さんはどうしてそんなにお金が必要だったのですか」

キヨが身体を硬くしてうつむいた。

「立ち入ったことをうかがって申し訳ありません。もしお話ししにくいことでしたら――」

「いえ、私……」

キヨは膝《ひざ》の上で拳《こぶし》を握り締めていたが、やがて意を決したように顔を上げた。

「私、生まれつき身体に大きなあざがあるんです。村の人はみんな知ってます。だからお嫁に行けません。それで兄さんは私のことを心配して、自分が先に死んでも、たくさんお金があればお前も安心だからって――」

キヨの頰《ほお》を涙が伝った。

明彦は立ち上がると、キヨの足元にひざまずいた。

そして、包帯のまかれた左手と、白くほっそりとした右手を、自分の両手で包みこんだ。

「そんなものは、貴女《あなた》の魅力を何ひとつ損《そこ》ないはしませんよ。そのままの貴女を愛する男は必ず現れます」

「入江さん……」

明彦は片目をつぶった。

「佐吉さんは少し先走り過ぎましたね。こんなに魅力的な女性を世間が放っておくものですか」

キヨは再び涙を流したが、今度は嬉しそうに笑っていた。

「どうしていちいち手を取らなければならないんですか」

明彦が涙の乾いたキヨから、さらに佐吉について詳しく話を聞き、似顔絵を作り、笑顔でキヨを送り出した後、文弥は早速文句を言った。

「探偵に必要だからだ」

「手を握ることが、ですか」

「直接触れないと分からないこともあるんだよ」

口を開きかけた文弥を制して、明彦が言った。

「ところで例の物は見つかったかい」

「お待ちください」

文弥は隣室から薄い冊子を取って戻ってきた。

『港の青年』を書いた長塚永堂の作品が載っている本を探してくれと頼まれたのだが、何軒もの本屋を回らなければならず、結局、ある店の芝居好きの店主が個人的に手元に置いてあったものを分けてもらった。

ぱらぱらとめくりながら明彦が訊ねた。

「最近、文吾《ぶんご》はどうしてる」

「先週会いました。今は桜木町《さくらぎちょう》で仕事をしているそうです」

文吾は文弥よりいくつか年上なだけだったが、港にたむろする不良少年たちの頭目とみなされていた。

普段は土木建築の現場で働いていて、まだ十代とは思えぬほど貫禄《かんろく》がある。日に焼けていかつい顔をした文吾が文弥と親しいのには訳があった。

「男を口説き落とすにはまず胃袋を摑めというからね」

「口説き落とそうとしたわけじゃありませんよ」

明彦のからかい口調に、文弥は真っ赤になって言い返した。

以前、明彦の依頼人が社屋を新築するにあたって、文弥が手製の洋菓子を片手に現場へ出かけたことがあった。

そこに文吾がいたのだ。

文吾は文弥の作った洋菓子を食べて、「この世にこんなうまいものがあるのか」と言ってひどく感激したという。

そうまで褒められては文弥も悪い気はせず、以来、文弥は文吾に洋菓子を作ってやるようになった。

港の悪ガキたちをひと睨みで黙らせる文吾が、文弥の作ったマドレーヌやシュークリームを嬉しそうに食べている様は可笑《おか》しくも微笑《ほほえ》ましい。

早速、明彦と文弥が桜木町の現場に出かけると、文吾はちょうど一休みしているところだった。

日に焼けた顔は真っ黒で、身体は周囲の少年たちより抜きん出て大きい。

文弥が通りから声をかけると、他の少年たちも一緒になって駆け寄ってきた。

「お前ら、引っこんでろ」

文吾は追い払おうとしたが、少年たちは文弥を取り囲んで口々に話し始めた。

「いいところに来た」

「こないだのあれ、もう一回教えてくれ」

「後にしろ」

文吾が一喝すると、少年たちは不満そうな顔も見せず大人しく引き下がった。

明彦が口元に笑みを浮かべた。

「文弥は彼らに嫌われているとばかり思っていたよ。君と仲がいいのが、面白くなさそうだったからね」

明彦がそう言うと、文吾は忌々《いまいま》しそうに言った。

「あいつら、調子ばっかりいいんで」

最初の頃、文弥は文吾の取り巻きの少年たちから目の敵《かたき》にされていたという。

だが、ある現場で風向きが変わった。

そのときちょうど、大量の資材をまとめて運ばなければならなかったのだが、いくら縄で結んでもほどけてしまう。

知らん顔の年長者たちに教えを乞《こ》うのも業腹で、少年たちは困り切っていた。

そこへ、文吾を訪ねていった文弥が、しっかりとした結び方を幾通りも教えてやったのだ。

「ああ、あれか」

明彦がひとりごちた。

御庭番の家の出である明彦の義母は、代々伝えられた様々な技術や知恵を受け継いでいて、それを小さな文弥にも教えてくれた。

紐の結び方など朝飯前である。

だが、知識のない少年たちから見れば、それはまるで魔法のように見えたらしい。

力のある者に一目置く彼らは、あっという間に文弥を尊敬するようになった。

「ところで今日はどうされたんですか」

「君に頼みがあってね」

明彦が笑顔を向けると、文吾はかしこまった。

「俺にできることなら」

「君の顔の広さを見こんで、ひとつ頼みたいことがあるんだ」

「常盤座の件ですか」

「勘がいいね」

「横濱中の評判ですよ」

明彦は胸元から折り畳んだ紙を一枚取り出した。

「その噂の妹さんから聞き取りをして作ったお兄さんの似顔絵だ。特徴も書き加えている」

「達者な絵ですね。写真みたいだ」

「写しを何枚か作らせる。君の子分たちに持たせて捜してもらえないか」

文吾が顔をしかめた。

「あいつら、俺の子分なんかじゃありませんよ」

「君の人柄に惹かれているんだ。そう邪険にするものじゃない」

文吾は、似顔絵の顔をじっと見た後、佐吉の特徴を繰り返し読んだ。

「分かりました。お引き受けします」

「助かるよ。常盤座の若い衆も協力してくれるというから写しを置いてきたが、君のほうが頼りになる」

「ですが――」

文吾が口ごもった。

「何だい」

「この男、捜さないほうがいいかもしれませんよ」

「理由は」

「これだけ横濱中の噂になっているのに名乗り出てこないというのはおかしいですよ。やばいヤマを踏んで顔を出せないか、もう死んでいるか――」

「それでもだ」

文吾は一瞬、その強い目で明彦をじっと見つめたが、すぐにうなずいた。

「先生には先生のお考えがおありなんでしょう」

「君ほど賢い少年はそういないね。むろん報酬は支払わせてもらうが――そうそう。文弥、あれを出してくれ」

そう言うと、文弥は鞄《かばん》の中から甘い香りを漂わせている紙袋を取り出した。

「文吾、これあげるよ」

文弥が差し出すと、文吾はひったくるようにして受け取った。

「エクレアっていうんだよ。この間、弁天《べんてん》通の戸川《とがわ》コックから教わったばかり」

文吾は紙袋を開くと、中に顔を突っこんで言った。

「何だあ、こりゃあ。馬鹿にいい匂いがするぜ」

「お茶の時間にでも食べて。ちゃんと手を洗うんだよ」

「わ、分かった」

文吾は壊れたように繰り返した。

「ずいぶん噂になっているようだな」

住吉町《すみよしちょう》にある弁当屋を訪ねると、ミツが開口一番そう言った。

昼どきを過ぎた店内は閑散としていたが、明彦は弁当を注文するふりをしながらミツに話しかけた。

文弥は隣で弁当の詳細を読むふりである。

「どんな噂ですか」

「キヨという女とあんただ」

キヨがファーイーストホテルにやって来たのは先週のことだったが、あれ以来、明彦とキヨは連れ立ってあちらこちらへと出かけていた。

キヨの性格からいって、ボディーガードを断られるのではないかと考えていたが、彼女は明彦と一緒にいたがったのだ。

どこへ行っても明彦とキヨは人目を引いた。

何しろ美男美女であるし、『港の青年』の一件は横濱中が知っているため、行く先々で騒ぎになる。

その上、常盤座の若い衆がつかず離れず、常に後をつけてくるので、ちょっとしたことでもぱっと広まってしまうのだ。

常盤座の本音は芝居の宣伝であっても、キヨが襲われたのは事実なので、何かあったら助太刀したいと言われては追い払えなかった。

「私とキヨさんはそんな間柄ではありません。探偵と依頼者です。私情を挟んだりなどしませんよ」

「だといいんだがな」

きつい目で睨んだミツを見て、明彦が微笑んだ。

「あんた——今、つまらないことを考えただろう」

「いえ、そんなことは、まったく」

ミツがため息をついて言った。

「で、見つかりそうなのか」

佐吉は横濱にいるということ以外は書いて寄越さなかったそうで、キヨは当初、行き当たりばったりに訊いて回っていたという。

「妹にも勤め先を知らせなかったのか」

「キヨさんは、兄があまり立派ではない仕事に就いているのを恥じて、何も書かなかったのではないかとお考えのようです」

「妹もそう考えているのか」

「彼女は頭の切れる女性です。それほど楽観はしていないでしょう」

明彦が依頼を引き受けてからは、まず桂庵に問い合わせたり、信州出身者が多く雇われている店を当たったりと的を絞るようになった。

だが結果は芳しくない。

明彦が似顔絵を作成した後、楠翁は「知人を捜している」と言って警察にも手を回したが、佐吉が最後に手紙を寄越した四月以降、警察に捕らえられた者の中で佐吉に該当する人物はいないという。

「行き倒れはどうだ」

「ちょっと厄介ですね」

身元不明の行き倒れが発見されたときは、「行旅病人及行旅死亡人取扱法」に基づいて対応することになる。

本人の特徴を官報に掲載し、遺体は火葬して遺骨の引き取り手を待つことになるが、誰も現れなかった場合、かかった費用は市町村が支払うことになる。

「そんなわけで、見なかったことにする場合もあるそうですよ。海は広いですしね」

「潮に流されて死体があがらないかもしれないしな」

適切に対処されていれば、警察にも影響力を持つ楠翁の網に引っかかってくるかもしれないが、そうでなければお手上げである。

だからこそ、楠翁は「御庭番」を作ったのだ。

「ところでミツさんのほうはいかがですか」

ミツが鼻で嗤った。

「三流新聞を読んでいないのか」

「ええまあ読みましたが……」

欧州にある某国の公使は、以前から頻繁に横濱を訪れていたが、最近はある女性店員にぞっこんで、昼から店に入り浸りだという。

「プロフィールはどうされているんですか」

「あの店は名前を隠して金を稼ぎたい素人女性が集まっているんだ」

店側にはたっぷり口止め料を払っているので、女性の身元が割れることはない。

「金を搾り取れるだけ搾り取って、奴の懐を空にしてやれば、切羽詰《せっぱつ》まって『灯台』とつなぎを取るかもしれない」

「犯罪を誘発してどうするんですか」

「俺は警察じゃない」

「心配ですよ。ミツさんはとんでもなく魅力的ですからね。血迷った男が何をしでかすか――」

「心配というならあんただ」

ミツの表情がわずかに曇った。

「あんたのせいで『灯台』は立て続けに失敗した。相当目障《めざわ》りに思っているだろう。直接何か仕掛けてくるかもしれない」

「それはそうでしょうね。私は看板を出して営業していますから、逃げも隠れもできません」

「冗談を言っている場合じゃ――」

文弥の目の端《はし》に、店に入ってこようとしている客の姿が映った。

明彦が懐から財布を取り出しながら言った。

「しかしそれも楠翁の狙いだったのではないかと思うんですよ。私のような目立つ餌《えさ》に『灯台』が食いつけば、その正体を摑む手がかりになるかもしれません」

ミツの顔色が変わった。

「あんたを囮《おとり》にしたというのか」

「悪くない手だと思いますよ。それに」

明彦が弁当を受け取ると片目をつぶった。

「ミツさんを危険な目に遭わせるくらいなら私が盾になります。――どうもありがとう、みよしさん。またうかがいますよ」

文弥は背中にミツの視線を感じながら店を後にした。


ファーイーストホテルへ戻ると文吾が伝言を残していた。

文吾に人捜しを依頼してから六日が経っている。

お戻りになったらフランス波止場までお出《い》でいただきたいとのことで、明彦と文弥は早速、海岸通りを急いだ。

強い日差しの下、浅黒い肌をした文吾には海がよく似合った。

「お呼びだてして申し訳ありません」

「部屋で待っていていいと言ったろう」

文吾がぼんのくぼに手をやった。

「ああいう場所は落ち着かないんで……」

ホテルの帳場に伝言を預ける際も、良家の子息ながら文吾に心酔しているある少年を代理に立てたという。

「で、見つかったのかい」

「申し訳ありません。──ただ、お耳に入れたいことが二つあります」

「聞こう」

まず、文吾は一攫千金《いっかくせんきん》を狙う男が潜りこみそうな店を中心に洗ったというが、それらしい人間がまるで引っかかってこない。

文吾は頭を抱えた。

船を追われた船員くずれがたむろする酒場から、よその土地で面倒を起こした人間が身を隠す木賃宿まで知り抜いているのだ。

地に潜ったか、天に昇ったかとしか思えなかった。

「それから先生は老松町《おいまっちょう》にある長命寺《ちょうめいじ》というお寺をご存じですか」

「初めて聞くね」

「小さいお寺なんですが、金持ちの檀家《だんか》が多いらしくて、お堂の手入れなんかも行き届いているそうです」

この寺が行き倒れた身元不明者の遺骨を受け入れているという。

警察で遺体を検《あらた》めた後、長命寺に引き渡して火葬してもらっているのだ。

だが、この寺が行っているのはそれだけではなかった。

寺では、住職が自ら筆を執って、できる限り詳細に遺体の特徴を「覚え書き」として書き残しているという。

「官報に載せる遺体の特徴はあまり詳しくないそうで……」

白骨化した遺体は何も書きようがないし、遺体の状態がよかったとしても、手がかりになるような特徴がない場合もある。

見つかった場所も問題で、たとえば私有地だったりすると、所有者が嫌がって地名を伏せることもあった。

そもそも、どこの誰か分かったとしても、様々な事情で家族が引き取ってくれない場合も多く、ましてや身元不明者ならば、ほとんどが無縁仏となる。

それでも、亡くなった方が家族の元へ帰っていけるようにと、万にひとつの可能性に賭《か》けて、住職は覚え書きを書いていた。

だが、一度は適正な手続きを取られていることもあって、「こちらにもっと詳しく書いてありますよ」と宣伝するわけにはいかず、それが世に広まることはなかった。

覚え書きは庫裡《くり》の脇《わき》に置かれていて、誰でも断りなしに見ることができたが、稀《まれ》に、熱心に家族を捜している人が、人づてに長命寺の話を聞いて訪れるくらいだという。

「それを知ったのは今朝です。たまたま長命寺の近くで生まれた奴がいて、そういえば、ってんで思い出したんですよ。坊さんが死んだ奴のことを書いてたって」

行き倒れた身元不明者を受け入れているのが長命寺であることは比較的知られているそうだが、遺体の特徴は官報に載っているので、長命寺の役割についてそれ以上調べようとは思わなかったのだろう。

ましてや住職がより詳しい遺体の特徴を書き残しているなど考えもしないはずだ。

「俺、これから長命寺に行ってきます」

「いや、私が行こう。――で、もうひとつは何だい」

「『港の青年』を書いた芝居作者が、常盤座にキヨって女から手を引けと言ったらしいんです」

常盤座は芝居のいい宣伝になるからと、キヨのまわりに若い衆を張りつかせていた。

キヨが現れてから『港の青年』はさらに客で溢れるようになっていた。

もともと実話とはいえ、キヨという目に見える存在が、作り話と事実が混じり合った、不思議な酩酊感《めいていかん》を引き起こしているのかもしれなかった。

また、キヨは不思議と女性に人気があった。

美しいだけでなく、どこか姐御肌《あねごはだ》のところがあり、それが立ち居振る舞いからも伝わるのか、明彦と一緒に街を歩いているときも、キヨに駆け寄ってくる女性はひとりや二人ではない。

彼女の一挙手一投足が注目の的であり、明彦との仲も取りざたされて、三流新聞を賑わせていた。

そのことは作者である長塚にとっても喜ばしいに違いなかった。

だが、その彼が「キヨから手を引け」と言ったというのだ。

「何だってそんなことを言ったのか分かりませんが……」

「追いかけ回されるキヨさんが可哀想《かわいそう》だと思ったのかもしれないよ。長塚さんはジェントルマンだね」

明彦が笑顔を浮かべた。

「オーケーだ、文吾君。今回も素晴らしい仕事ぶりだった。明日、約束の報酬を文弥に届けさせる。洋菓子は何がいいかね」

文吾はのけぞって手を振った。

「とんでもないです。俺は佐吉さんを見つけられなかったんですから」

「君は見つけたも同然だよ」

明彦が文吾のがっしりとした肩に手を置いた。

だが、明彦は長命寺へ行くことができなかった。

翌日に大騒ぎが起きたためである。

キヨは毎日一度は常盤座へ顔を出していた。

常盤座がキヨを客引きに利用しようとしているのは分かり切っていたが、若い衆が佐吉を捜してくれていたし、実際に佐吉と話をした長塚もいる。

明彦と一緒に捜し回るようになっても、何か手がかりが得られたらと、わずかな時間でも立ち寄るようにしていた。

その日、明彦とキヨ、そして文弥が常盤座へ姿を見せると、あたりがしんと静まり返った。

いつもであれば、二人が現れると歓声が上がるのだが、今日は誰もが遠巻きに見るだけで、目に手巾《ハンカチ》を当てて泣いている女性が何人もいた。

「どうか——なさったんですか」

キヨはすっかり顔馴染《かおなじ》みになった鉄三《てつぞう》という若い衆に声をかけたが、鉄三は顔を強張《こわば》らせてうつむいてしまった。

ちょうどそのとき、仕切りの幕を揺らして、十歳くらいの子どもが駆けこんできた。

いささかぼんやりとした顔つきの少年でにこにこと笑っている。

「そこで聞きましたよ。佐吉さんって人は死んでたんですってね」

「よさねえか、二郎《じろう》」

鉄三が二郎を叱《しか》ったが、すでに遅かった。

キヨは真っ青になって二郎の両腕を摑んだ。

「死んだ？　――死んだってどういうこと？」

「キヨさん、落ち着いて」

鉄三がキヨを二郎から引き離そうとしたが、キヨはびくともしない。

おびえた二郎があえぎながら言った。

「死んだって――死んでたって、みんな言ってたんだよ。佐吉さんの似顔絵が、お寺さんの覚え書きとぴったりだったって――」

キヨが手を離すと、二郎は痛い痛いと言いながら床にうずくまって泣き出した。

誰ひとり口を開こうとしない中で、キヨが鉄三を振り返った。

鉄三は観念したように懐から一枚の紙を取り出した。

「老松町に長命寺ってお寺さんがあります。そこは行き倒れになった仏さんを供養してるんですが、火葬する前に詳しい覚え書きを残してました。これは写しですが……」

キヨが紙をひったくった。

見開かれたキヨの目が覚え書きに注がれ、書かれた文字を一字一字読んでいく。

突然、嗚咽《おえつ》が漏れた。

「兄さん……」

キヨが覚え書きに顔をうずめた。

「だから言ったのに……お金なんかいらないって……」

足に力が入らないのか、くずおれそうになったキヨを明彦が支えると、キヨはしがみついて泣き始めた。

常盤座での一件は燎原《りょうげん》の火のごとく広まった。

何しろ衆人環視の中での出来事だったし、しかもその場にいたのが『港の青年』の贔屓客ばかりだったのだ。

佐吉は今年の四月に倒れていたのが見つかったそうで、持ち物は何も身につけておらず、例によって長命寺に運ばれ荼毘《だび》に付された。

住職によって書かれた覚え書きと、キヨから聞き取りをした似顔絵の内容はぴたりと合致しており、佐吉が亡くなっていたことは疑いようもない。

キヨへの同情が集まると同時に、常盤座へは非難が集中した。

若い衆を使って、わざと人前でキヨに佐吉の訃報《ふほう》を聞かせたというのだ。

むろん常盤座は否定したが、二郎という少年は急きょ親元に帰されたとかで真実はうやむやになった。

たかが芝居に大騒ぎをして、と冷めた目で見ていた人々も、さすがにキヨへの同情を禁じ得なかったし、たとえ心の奥底で反感を持っていたとしても、正面を切って悪くは言えない雰囲気が醸成されつつあった。

「これは、長塚永堂先生ではありませんか」

声をかけると、長塚はびくりと身体を震わせたが、明彦は構わず話し続けた。

「『港の青年』をお書きになった長塚先生でいらっしゃいますね。はじめまして。私は入江明彦と申します」

「ああ、あの……」

目の下に黒いくまが浮いた青白い顔に、驚いたような表情が浮かんだ。

「お近づきのしるしに是非一杯」

有無を言わさず明彦が近くの店に引きずりこんだ。

長塚はほぼ毎日、住居と常盤座を往復しており、その界隈《かいわい》には居酒屋ばかりが並んでいた。

客のいない、奥まった卓子に座ると、長塚は落ち着かない様子で目をきょろきょろさせた。

今まさに横濱中で評判になっている芝居を書いた作者でありながら、長塚は疲れきった雰囲気を漂わせている。

年の頃は二十代の半ば、眼鏡《めがね》をかけた顔は細長く、やや伸びた髪の毛は薄く細く、枯れ木のような印象を受ける。

文弥は草木のように気配を殺して座っていたが、そうせずとも長塚の目には入っていないようだった。

「ぼ──僕に何か用ですか」

「私は先生の作品を贔屓にしているんです」

「そ、それはどうも……」

まるで叱られでもしたかのように、長塚はうなだれた。

「『港の青年』もよかったですが、私はこちらのほうが好きですね」

そう言って明彦は懐から薄い冊子を取り出した。

「それは──」

長塚の顔に赤みが差した。

「とても面白かったですし、素晴らしいお話だと思いました。実際にいる人物をモデルにした作品より、私としてはこちらのほうが芝居になってほしかったですね」

笑顔を浮かべた明彦を、長塚は目を見開いたままじっと見つめていたが、やがてその目から涙が流れ始めた。

「どうかなさったんですか、先生」

明彦は手巾を取り出すと差し出した。

「どうかこれをお使いください」

いやいや、と言いながら、長塚は着物の袂《たもと》で何度も顔をぬぐった。

泣き顔は見られたものではなかったが、突然、長塚の身体から生気が溢れ出したのが分かった。

「みっともないところをお見せしました」

「落ち着かれましたか」

ええ、と言って長塚が笑ったところに、酒と料理が運ばれてきた。

「入江さんがお持ちの冊子は私家版で、ほとんど出回っていないものなんです」

杯を酌《く》み交《か》わし、皿に箸《はし》を伸ばしたところで長塚が話し始めた。

「僕は昔から芝居が好きで脚本を書いていたんですが、なかなか芽が出なくて――」

私家版に載ったのも、他に書くはずだった人間の代わりで、結局何の評判にもならなかった。

「評判どころか、けなされてしまって」

長塚が苦笑いを浮かべた。

「それでもう、やめようと思ったんです。お定まりで恥ずかしい話ですが、飲めもしないのに近所の安酒場でぐでんぐでんに酔っぱらいました。それなのに僕は、そのときも自分が書いた原稿を持っていたんですよ。諦《あきら》めようとしていたのに、紙の束を握り締めて――」

その夜はどうやって帰ったか覚えていないが、翌朝、目が覚めたときには原稿がなくなっていた。

ひどい二日酔いに苦しみながら長塚は、これでいいんだ、すっぱり縁を切るんだ、と言い聞かせていたという。

だが、数日経《た》って、長塚の元に常盤座の人間がやって来た。

長塚の作品を読んだと言い、そこに書いてあった連絡先を頼りに訪ねてきたのだった。

「自分の耳が信じられませんでした」

是非、舞台にかけたいと言う。

常盤座では芝居の鮮度を保《たも》つため、持ちこみの脚本を受けつけていた。

そうして月に一度、どれを芝居にするか検討する集まりが開かれていたのだが、そこへ長塚の作品が持ちこまれたのだという。

実際のところ、持ちこみを受けつけるといっても幹部の知り合いの作者に限られていたし、長塚はそんな集まりが開かれていることさえ知らなかった。

明彦は身を乗り出して訊ねた。

「一体どなたが持ちこんだのでしょうか」

「それがどうもはっきりしなくて……」

後になって、長塚は常盤座で片端から訊いて回ったが、正確な経緯を知っている人間はひとりもいなかった。

「気がついたらそこにあったので読んでみた、ということらしいんです」

しかし、一点だけ問題があった。

ふいに長塚が口ごもった。

明彦が笑顔を浮かべてじっと待っている。

これまでに、文弥も何度かこんな場面を経験してきた。

心を開きかけた人間が隠してきた事実を打ち明けようとする瞬間だ。

「その——入江さんは探偵でしたね」

「ええ」

「ごろつきのような探偵もいるそうですが、入江さんはとても評判のいい探偵だとうかがいました」

「大変光栄です」

「もし、誰にも言わないでほしいとお願いすれば黙っていていただけるでしょうか」

「もちろんです」

明彦は全身から誠意をかき集めたのか、菩薩《ぼさつ》のように微笑んだ。

「実は——」

長塚の脚本を読んだ常盤座は、それがすべて事実だと思いこんでいた。

何しろ、これは実録であると断りを入れてあったし、人物の来歴や身体的特徴まで事細かに書いてあったのだから無理もない。

「あれは最初から最後まで僕が創《つく》りました」

長塚は脚本の冒頭に、手控えとして「横濱で出会ったある男から聞いた話とする」と書いていた。

だが、常盤座に持ちこまれた脚本からは、その部分が切り取られていたのだ。

常盤座が実際に起きた事件や出来事を芝居にかけるということは長塚も知っていた。

もし本当のことを言えば、芝居にしてもらえなくなるかもしれない——長塚は実在の人物を元にして書いた話だと嘘《うそ》をつくことに決めた。

「芝居が当たって、最初は嬉しかったんですが、段々苦しくなりました」

創作を実話に見せかけていること。

たまたま芝居向きの人物を見つけて、彼から聞いた話を書き写しただけだと、陰口《かげぐち》を叩《たた》かれたこと。

芝居が評判になればなるほど、自分ひとりだけ蚊帳の外に放り出されたような気持ちになった。

これは自分の力ではない。

自分の力で摑んだ成功ではない、と——。

長塚は薄い冊子を指差した。

「ですから、入江さんにそれを褒めていただいて嬉しかったです」

そう言って長塚は笑った。

「私は人の心を打つ物語に本当も嘘もないと思っています」

明彦がそう言うと、長塚が深く頭を下げた。

二人はまた、酒を酌み交わした。

「——しかしそうなりますと、キヨさんのお兄さんと先生の書かれた佐助さんがそっくりというのは不思議な話ですね」

再び長塚の表情が曇った。

「もしかして――彼女が僕の脚本を常盤座に持ちこんだのではないかと……」

長塚が安酒場で酔《よ》い潰《つぶ》れていたとき、誰かが隣に座っていた記憶があるという。

「女性だったような気がするんです」

といっても、長机に何人もの客が腰かけているような店だったので、隣り合わせただけの客だったかもしれない。

「キヨさんがその女性だとしたら、長塚先生の脚本を読んでいるわけですから、正確に特徴を話すことができますね」

「しかしそうだとしたら、どうして今頃、芝居の中の人物が実の兄だなどと言い出したのか分かりません。でも、それを訊くこともできなくて……」

長塚はうなだれた。

「相変わらず口のうまい男だな」

白シャツ姿のミツが呆れた顔をして言った。

ミツが明彦の部屋にいるということは、セツが留守にしているということである。

「何故、長塚を探ったんだ」

「ちょっと引っかかったものですから」

キヨに佐吉の特徴を言い当てられて青ざめたこと、常盤座にキヨから手を引けと言った

「芝居のモデルにした男の実の妹が出てきたくらいで、そこまで動揺するものでしょうか」

「なるほどな」

「それで何か裏があるかもしれないと思って、文弥に長塚さんの他の作品を探させたんです。評判になっているもの以外の作品が褒められれば嬉しいでしょうからね」

「まったく、こんな男のおだてに乗って――」

「私は嘘を言ったつもりはありませんよ」

実話だろうが作り話だろうが、長塚は横濱中で話題になるような作品を書いたのだ。

それだけは間違いない。

そしてこの先、彼が横濱どころか日本中でもてはやされる芝居を書いたならば、明彦の賞賛は真実になる。

「嘘かもしれないことを真実にするのは長塚さん次第です」

「口が減らないな」

ミツがため息をついた。

「いやはや大変なものですよ、『港の青年』の人気は――。何しろ、あのマダムも今夜は佐吉さんの追悼集会に参加されているのですから」

「何だ、それは」

「キヨさんのお兄さんの佐吉さんのご冥福《めいふく》を祈りつつ、『港の青年』の佐助さんの魅力を語り合う集まりです」

不思議なことに、常盤座への怒りが女性たちの心をひとつにしたようで、板垣会の面々と女工員たちのグループは、手に手を取り合ってキヨを支えていた。

「恐ろしい集団だな」

「内緒ですが、同感です」

ミツが薄闇の中で小さく微笑んだが、すぐに口元を引き締めた。

「しかし、あの女がクロとはな」

「彼女は最初から怪しかったですよ」

「何故だ」

「手が白魚のように美しかったですからね。あれで子どもの頃から農作業に携わっていたなどと言われても信じられません」

かたわらで文弥は小さく横手を打った。

「キヨという女は何を企《たくら》んでいる」

「今のところは何とも」

いかにも「灯台」らしい派手な筋書きに、密輸入で捕まった北本の証言を重ね合わせれば、キヨの狙いは密輪《ほ》である可能性が高い。

「あんたにすっかり惚れているという噂だ。腹に一物ある女でも、うまく聞き出せば何か洩《も》らすかもしれない」

「私はミツさんほど凄腕《すごうで》ではありませんよ」

結局、ミツが調べていた某国の公使から密輸の話は出てこなかったという。

深追いはせず、ミツはあっさりと手を引いたが、公使のほうはミツを諦めきれず、今なお店に通ってきては、他に男がいるのか、いるならただではおかないなどと物騒《ぶっそう》なことを怒鳴《どな》り散《ち》らしているらしい。

「可哀想ですねえ。ミツさんのような『美女』がせっかく近づいてきてくれたと思ったのに、突然姿を消されてしまったんですから」

「ふん」

ミツが鼻を鳴らした。

「実は、キヨさんに付き添って上海へ行くよう追加でオファーを受けました」

「あんたも一緒に？」

「キヨさんは亡くなった佐吉さんの遺志を継ぎたいと考えている、とのことです」

以前、故郷に錦を飾った青年の店を知っているそうで、代わりにキヨがそこへ行って働きたいという。

キヨはこれまで稼ぎ貯めた金を渡航費に充てるつもりだったが、上海行きの話が出た途端、あっという間に寄付金が集まった。

だが以前、キヨが何者かに襲われたことをキヨの支援者たちは覚えていて、旅行中に何かあってはと、明彦に護衛を頼んできたのだ。

キヨも「そうしていただけるなら」と大いに乗り気だった。

「もしかして、あんたと上海旅行をするのが目的だったのか」

「それなら大変光栄なんですが――」

ミツがつぶやいた。

「この船旅で密輸を行うつもりか」

「探偵同伴で、ですか」

しかも税関の取り締まりは近年稀に見るほど厳しい。

「どんな手を使う気だ」

「もうしばらく、芝居におつきあいするしかないでしょうね。そして臨機応変に行動です」

「俺にできることがあれば――」

顔を背けて言ったミツに、明彦は身を乗り出して言った。

「ありますよ。たくさんあります。食事に芝居見物、遠乗りに音楽会はいかがですか」

「あんたは少し危ない目に遭ったほうがいいな」

冷たい目でそう言ってミツは部屋を出ていった。

キヨが佐吉の死を知らされたのは先週のことだったが、わずか十日あまりで上海へ旅立つことになり、本日、ファーイーストホテルでは、一階のホールでキヨの歓送会が行われていた。

午後に出港する船で、明彦とキヨは上海へ向かうことになっていた。

「あのとき、私も常盤座にいたものだから……」

もともと『港の青年』が好きで、キヨも贔屓にしていたセツである。

泣き崩れたキヨを目の当たりにしているだけに、歓送会のために自分のホテルの会場を格安で貸し出すのも当然といえた。

「入江さん、どうかキヨさんをお願いしますね」

会場で何人もの女性に頼まれた明彦が、笑顔で「任せてください」と答えていた。

「グラスは向こうの卓子にね。それからもっとお皿を追加して」

セツの目は赤いが、次から次へと的確に指示を出している。

「そうそう、文弥ちゃん。入江さんのトランクは帳場の隣の部屋に置いてちょうだい。後で運ばせますからね」

「もう置かせていただきました」

「あら、さすがね。——ほら、そこ。グラスが足りないわよ」

客は次から次へと押し寄せ、ホールだけでは収まりきらず、ロビーにも女性たちが溢れて、賑やかな話し声があちらこちらから聞こえていた。

文弥が明彦を呼んだのは、歓送会も終わろうとする頃だった。

最後にキヨが挨拶《あいさつ》をするのか、客はすべてホールに集まったようで、ロビーは先ほどまでの喧騒《けんそう》が嘘のように静まり返っていた。

「どうした、文弥」

「こちらへ。お手洗いにでも行くようなふりをなさってください」

文弥は必死に笑顔を作った。

ホールを抜け出して、明彦を連れていった先は帳場の隣の部屋で、他の旅客の荷物に交じって明彦の名札が提げられたトランクが置かれている。

「最後にもう一度、荷物の確認をしようと思ったんです」

蓋が閉まらぬほど荷物を詰めこんでいるわけではないが、用心のためにいつもトランクは紐で十字に縛っている。

「結び目が違うんです。奥様に教わった通りに結んでいたんですが……」

「鍵《かぎ》は」

「僕が持っていますが、トランクの鍵穴に小さな引っかき傷があります」

「開けてごらん」

文弥が鍵を差しこんで蓋を開き、荷物の中を探っていくと、奥のほうに小さな袋が入っていた。

見覚えのないそれを、明彦は顔の高さにつまみ上げた。

「阿片《あへん》だろう。税関でこんなものが見つかった日には、私の信用は地に落ちるね。ただでさえ探偵は色眼鏡で見られているのだから」

「一体誰が――」

「ま、誰でも可能だろうね。キヨさんだってずっとホールにいたわけじゃない」

ホールとロビーには客が溢れていたし、外部から見知らぬ人間がやって来ても分からなかっただろう。

明彦の上海行きは全員が知っているし、ホテルについて多少なりとも知識があれば、旅立つ客のトランクが帳場の近くに置かれているだろうことも想像がつくはずである。

「この部屋はうまい具合にロビーから視線が遮《さえぎ》られているし、こんなトランクの鍵くらい私だって針金で開けることができる。紐もほどくのは簡単だ」

だが、特殊な結び目だけは同じように結び直すことができなかったのだ。

「どうされますか、先生」

「まだ幕は下りていない。芝居を続けよう」

明彦が胸の隠しから手帳を取り出し、走り書きをして破ると文弥に渡した。

「二人に届けるんだ」

文弥は無言でうなずくと駆け出した。

海に向かって桟橋が伸びている。

足元の白い板が日差しを照り返す中、明彦は見送りの文弥ひとりを従えて、トランクを片手に歩いていた。

栈橋にはすでに何隻もの船が横付けされ、その前に見送りの人々が群れている。大会社の重役か政府の高官でも乗船するのか、杖《つえ》を手に持った身なりの良い男性たちの集団も見える。

明彦が乗る上海行きの船は栈橋のもっとも手前にあった。船の下では、税関の職員が客を待ち構えており、その前にはすでに列ができていた。いくつかの机が並び、その脇には船を背にして白い幕をめぐらした場所を作ってある。

文弥が振り返るとキヨはまだ栈橋の手前で女性たちに囲まれていて、笑い声が上がったかと思うと、その後すぐ目に手巾を当てたりと忙しい。

こうなることを見越してか、明彦はキヨから「先に行ってください」と言われていた。

列に並ぶと、やがて順番が来た。

厳しい顔つきの職員が明彦のトランクをかき回していたが、ふいにその手が止まった。

「申し訳ありませんが、ちょっとこちらへお出でいただけませんか」

「はあ、何かありましたか」

「ええ、ちょっと」

周囲から好奇の視線が集まる中、明彦は白い幕の陰へ連れていかれた。

どよめきが起きたのはそれから少し経ってからのことだった。

キヨが白い大きな骨壺《こつつぼ》を持って栈橋を歩いてきたのだ。

「あれが『港の青年』の妹さん」

「なんて健気《けなげ》なんでしょう。お兄さんと一緒に上海へ行くのね」

横濱の人間であれば、誰もがキヨの顔と、その事情を知っている。

彼女は長命寺から譲り受けた兄の遺骨と一緒に上海へ渡ろうとしているのだ。

目を泣き腫《は》らしたキヨが机の前までやって来ると、職員は揃って手を合わせた。

見送りの人々も小声でささやき交わしながら合掌した。

波と風の音しか聞こえない静謐《せいひつ》な一時を破ったのは、無遠慮な怒鳴り声だった。


「あのときは驚きましたよ」


一週間後、明彦とミツ、そして文弥は山手を歩いていた。

腰折れ屋根のある邸宅に、目の覚めるような青い玄関のついた山小屋風の建物、ヴィクトリア王朝の要塞《ようさい》を思わせる屋敷と、様々な形式の家屋を眺《なが》めながら細い道を辿っていくだけで、文弥は心の浮き立つ思いがした。


「骨壺の中に百円紙幣がぎっしり詰まっていたんですからね——しかも偽札が」

トランクの中に阿片を発見した明彦は、これが「灯台」の罠《わな》であることに気づいた。

キヨの密輸を成功させると同時に明彦の探偵生命を絶とうとする、一石二鳥の筋書きだったのだろう。

だが、明彦は知らぬふりをすることにした。

もし筋書きが狂えば、土壇場でキヨが密輸を取りやめる可能性があったからだ。

そこで明彦はまず文弥を使って、税関長である叔父の本橋に連絡をした。さもトランクに禁制品が入っていたように見せかけて、明彦を幕の後ろに隠すよう職員に指示してもらったのだ。

次に文弥はミツのところへ向かった。

ちょうど店先で掃除をしていたミツは、女性の姿のまま文弥と一緒に駆け出した。

二人が港へ着いたとき、ちょうど明彦が船に向かって歩き出すところだった。

文弥は明彦の後に従い、ミツは見送りのふりをして辺りの様子をうかがったが、やがてキヨが骨壺を抱えて歩き始めた。

その瞬間、文弥にも「灯台」の筋書きが読めた。

「本橋税関長率いる鬼の税関も、非業の死を遂げた人間の骨壺まで暴《あば》こうとはしないでしょうからね。ましてや、それを抱えているのが、今や横濱中の女性から同情を寄せられている哀《あわ》れな美しい女性とあっては——」

文弥のかたわらで、明彦は珍しく迷っていた。

骨壺の中に何かが入っている。

船に持ちこまれてしまったら、何かは分からない物が、広い船のどこかに巧妙に隠されてしまうかもしれない。

中身を確認する機会は今しかないが、無理やり骨壺を開けさせて、もし——万が一、中に骨と灰しかなかったら凄《すさ》まじい非難を浴びてしまう。

そのわずかな逡巡《しゅんじゅん》の間にミツが動いた。

「大変に果断でしたね。惚れ惚れしましたよ」

「たまたまあの爺《じじ》いがいたからな」

見送りに来ていた身なりの良い一団の中に、ミツに翻弄《ほんろう》された某国の公使がいた。

ミツが姿を現すと、公使の形相が変わった。

「待て」

公使は母国語で叫びながら、逃げ出したミツの後を追って走り始めた。

桟橋がガタガタと危うい音を立てる。

誰もが呆気《あっけ》に取られ、二人をよけて道を開けた。

ミツは逃げ惑うふりをして、今しも船の梯子《はしご》を上ろうとしていたキヨめがけて体当たりした。

もんどりうってミツとキヨは倒れた。

骨壺が叩きつけられて、中から骨がこぼれ出るかと思いきや、代わりに何百枚もの百円札が宙を舞った。

「偽札だ」

明彦が幕の後ろから叫んだ。

「確証があったわけではありませんが、お札を見た瞬間、セツさんが偽札対策の会合に出ていたことを思い出したんです」

顔色の変わったキヨはすぐさま起き上がると、桟橋を駆け戻り始めた。

その後を税関の職員が追いかけていってくれたので、そちらは任せて、明彦はミツに殴りかかろうとしていた公使の前に立ちはだかると、笑顔で彼の鳩尾《みぞおち》を殴りつけた。

「公使がいてくれたおかげで助かりましたね」

周囲の人間には逆上した公使の印象ばかりが強く残され、その騒ぎの最中にたまたま密輸を暴くことができたという形に見えたからだ。

明彦が税関職員に呼び止められたことや公使に追いかけられた女性がいたことはうやむやになった格好だ。

「キヨさんは偽札の運び屋でした」

だが、国内の取り締まりが厳しくなったため、監視の甘い海外で偽札を売り捌《さば》こうとし、現地の偽造団とも話をつけたが、その間に税関での取り締まりまでもが厳しくなってしまった。

さすがにキヨも困り果てて「灯台」に依頼したのだろう。

結果から見て、常盤座に『港の青年』を紹介したのは「灯台」である。

泥酔していた長塚の「女性だったような気がするんです」という証言を信じるならば、首領本人だった可能性もある。

ただし、持ちこまれた時期が、キヨの事件が起きるよりもかなり前なので、何かあったら使ってやろうと考えていたわけではないかもしれない。

「『灯台』の首領は純粋にお芝居が好きか、もしくは深い関わりがあるのかもしれませんね」

「いずれにしろ、そいつは常盤座の内情に詳しくて、伝手《つて》もある人間なんだろう」

「灯台」の目が確かだったのか、『港の青年』は非常に好評で、横濱中にその名を知られることになった。

そのためキヨから依頼を受けた際に、『港の青年』は利用されることになった。

作り話を実話と偽っている長塚から真実が漏れるはずはなかった。

「今回は、ひとつの物語の上に、さらに別の物語を重ねて語られたわけです」

それは不思議とこの港街に似合っていた。

味気のない現実よりも、人が幾重にも手を加えて創り上げた物語のほうが、この美しい街に溶けこんでいたように思える。

「馬鹿馬鹿しい。ただの犯罪だ」

ミツは吐き捨てたが、明彦はそんな思いが捨てきれないらしかった。

確かに、無から造られたこの街には物語こそが相応《ふさわ》しいのかもしれなかった。

「恐らく『灯台』は長命寺の覚え書きの中から、佐助さんに似た特徴の人間を選んだのでしょう」

何人もの身元不明者がいるのだから探すのは簡単である。

佐吉からキヨ宛《あ》ての手紙が四月まで届いたと言っていたのは、選び出された人間の亡くなった時期が四月以降だったからだろう。

そして身元不明者の特徴と、長塚が佐助に与えた設定を合わせてキヨに伝え、キヨはそれを明彦に話したのだ。

こうして長命寺に安置されている遺骨が、キヨの兄の佐吉であるということになった。

「今回の一件では、『灯台』がかなり肩入れをしたのではないかと思います」

依頼者との接触は一度きり、筋書きは作ってやっても、その後は手を出さないのが「灯台」の掟《おきて》だが、今回に限っては、キヨひとりで狂言を回すのが難しい箇所があった。

常盤座でキヨが佐吉の死を知らされた場面である。

「あれは間が良すぎました」

常盤座に長命寺の情報を匿名で教えることはキヨでもできるが、あの場に二郎という少年を飛びこませて狙い通りの発言をさせるのは不可能である。

何しろキヨは明彦の隣にいたのだ。

「二郎君はいささか軽率なところがありました。だから利用されたのでしょう」

「あの子のそばに誰かがいた。そして肩を押した——」

あのときまさに、芝居が行われていたのだ。

キヨへの同情を決定的にするための、乾坤一擲《けんこんいってき》の大場面だった。

「『灯台』はあんたを陥れるために、自ら禁を破ったのか」

「私もそう思います」

密輸と同時に「灯台」は明彦に阿片所持の疑いをかけて、その社会的地位を抹殺しようとした。

キヨが怪我を負ったように見せかけたのは、明彦にボディーガードを引き受けさせるためだったろうし、二人が親密になればなるほど、明彦が外国にまで付き添うのも当然ということになる。

「あれだけ新聞種になったんだ。色仕掛けも相当あったんだろうな」

「それはどうでしょう」

明彦が笑ってごまかした。

しかし、文弥がトランクの結び目に気づいたこととミツの機転で、またも「灯台」の筋書きは破たんした。

「『灯台』はあんたのすぐそばまで来ている」

「喜んで受けて立ちますよ」

ミツは眉を上げて何か言おうとしたが、ため息をつくと口を閉ざしてしまった。

「どうしたんですか、ミツさん。いつものように怒鳴ってくださらないと張り合いがありませんよ」

「心配してるんだ、これでも」

明彦が呆気に取られた。

そんな明彦と文弥を置き去りにして、ミツは背中を向けると、先に立って歩いていってしまった。

第四話　My Heart Will Go On

明彦《あきひこ》が病院に駆けつけたとき、セツは真っ青な顔で立ち尽くしていたという。

このときのことを文弥《ふみや》は何ひとつ知らない。

何しろ大怪我《おおけが》を負った上に麻酔をかけられていたので、まわりの状況など分かるはずもないが、後になって明彦から聞かされた話をまとめると、その夜以降の出来事は、おおよそこのようであったらしい。

その日、外出先から戻った明彦はファーイーストホテルの帳場で二つの伝言を受け取った。

ひとつは文弥が怪我をして病院に運ばれ、セツもすでにそこへ向かったというものである。

明彦もすぐに教えられた病院へ向かった。

日頃のおしゃべりが嘘《うそ》のように、一言も口をきかないセツの肩を抱き、長椅子《ながいす》に腰かけるよう促《うなが》すと、セツはようやく落ち着きを取り戻した。

「ご心配をおかけしました、マダム」

「私のことはいいの。それより文弥ちゃんが――」

言いかけて、セツの目に涙が盛り上がった。

「麻酔をかけて治療中なの。足がおかしな方向に曲がっているんですって。どんなに痛いかしらね」

「マダムがそんなにお心を痛めては、文弥は元気になれません」

「ええ、そうね。あの子は優しい子だから」

セツは笑おうとしたが、表情は形にならず両手で顔をおおってしまった。

日夜、家事に追われている文弥だが、木曜日はとりわけ忙しい。

買い物と料理教室が重なっているからである。

文弥が買い物をするのは木曜だけだった。

母親である田鶴《たづ》の遺言を忠実に守り、明彦の身の回りの世話をするのが使命と心得ているので、普段はほとんど外出をしない。

だが明彦が、週に一日くらいは休みなさいと言うので木曜日を休日に選んだ。

木曜は横濱《よこはま》でも評判の料理教室が開かれているからで、買い物もその日に済ませれば一石二鳥である。

それでは休みにならないと言われたが、文弥が強引に押し切ると、「せめてお前の邪魔にならないようにするよ」と、文弥が少しでも気を遣わずにすむよう、明彦は朝から出かけるようになった。

さて、午前のうちに掃除や洗濯を終わらせると、文弥は午後の早い時間にホテルを出る。

何しろ、明彦の気に入りのワインを注文したり、真っ白な便箋《びんせん》にイニシャルを入れてもらったり、書店に注文を出したりと、一日でいくつもの店を回らなければならない上に、ホテルから遠く離れた店も含まれているので、効率よく回らなければ、あっという間に日が暮れてしまう。

どの店にとっても明彦は上得意だから、呼べば主人かボーイがホテルに来てくれるはずだが、文弥は何であれ自分の手でやりたかった。

頼むのは、買った品物をホテルに届けてもらうことだけである。

時間を無駄にしたくないので、買い物を済ませた足で直接、料理教室へ行くのが常だったからだ。

だが、今日ばかりは大荷物になった。

西洋洗濯屋に出しておいた明彦の背広が急きょ必要になったのだ。

この店は店主ひとりで切り盛りしているため、洗濯物の配達を行っておらず、客が受け取りにいくことになっている。

料理教室の後では店が閉まってしまうので、先に行くしかない。

「私が行こう」

大きな袋を抱《かか》えての移動は大変だろうからと、明彦がそう言ってくれたのだが、文弥は断った。

かさばるだけで重くはないし、西洋洗濯屋と料理教室が開かれている場所は近いので問題はない。

何よりこれは自分の仕事だと言うと、明彦は肩をすくめて引き下がった。

料理教室は午後六時からだった。

以前、とあるホテルのシェフとして腕をふるっていた戸川《とがわ》という男が引き抜かれて、現在は弁天《べんてん》通の洋食堂でコックとして働いているのだが、彼の休日である木曜日だけ、希望者を募《つの》って料理教室を開いていた。

彼の名声を慕《した》って集まった生徒たちは、いわゆる良家や名家のお嬢様奥様たち、悠々自適の生活を送っている女性ばかりである。

そんな中に文弥が入ることができたのは、強力な伝手《つて》があったからである。

織田八重《おだやえ》がこの教室に通っていて、彼女から頼んでもらったのだ。

横濱の重鎮ともいえる彼女に頼まれては、嫌だと言えるはずもない。

とはいえ自分で言うのも何だが、文弥は他の生徒たちから大層好かれており、お茶会の誘いが引きも切らなかったし、断ってばかりでは申し訳ないからと、明彦がホテルに呼んでくれたこともあるくらいだった。

料理教室の場所は本村《ほんむら》通りにあるウェールズホテルである。

ホテルといっても名ばかりで、数年前に経営が悪化した後、競売にかけられたのだが買い手がつかず空き家同然となっていた。

だが、施設は整っているので、ちょっとした集まりには重宝され、二階にあるレストランの厨房《ちゅうぼう》で料理教室が開かれていた。

ただし、このレストランから通りへと通じる外階段を使って直接、中に入ることができるようになっている。

文弥はこの階段で足を踏み外したのだった。


「今日はいつもの会合があって、私は朝から出かけていたの」

セツが力のない声で話し始めた。

旅館組合の顔役として、セツが外へ出かける機会が多いのは明彦も承知している。

会合先で昼食をすませた後、セツがファーイーストホテルに戻ってきたのは午後一時過ぎで、文弥はすでに出かけた後だった。

文弥宛《あ》てに電話がかかってきたのは午後二時前のことだったという。

相手はコックの戸川が助手として使っている順一《じゅんいち》という少年からで、戸川に急用ができたため今日の料理教室は中止になったという内容だった。

何でも、戸川宛てに母親が倒れたという電報が届いたという。

日頃から、母親にうまい料理を食べさせてやりたくて料理人になったと公言している戸川は、取るものも取り敢《とあ》えず母親の元へ向かったが、料理教室の生徒たちに無駄足を踏ませてはならないと考えて、生徒たちへ連絡を入れるよう順一に言い置いていったのだ。

セツが、文弥はすでに出かけてしまったと言うと、少年は「貼《は》り紙をしておきます」と言って電話を切った。

木曜日に文弥がまとめて買い物をし、その足で料理教室へ行くことをセツも知っていたが、文弥が今、どこの店にいるかまでは到底分からない。

無駄足になってしまうのは気の毒だが、ウェールズホテルへ行けば貼り紙がしてあるのだから問題はあるまいと、セツは思った。

「あのとき、私が文弥ちゃんを捜しに行けば、こんなことには――」

「考え過ぎです、マダム」

明彦が強い声を出すと、セツははっとしたように顔を上げた。

「ごめんなさい。私、動揺してしまって」

「転んだのは文弥にも責任があります」

「でも、あんなに大きな荷物を運んでいたら、足元がよく見えなくても仕方ないわ」

文弥が階段から転げ落ちたとき、通りには多くの人々が歩いていた。

幸運だったのは、集まった野次馬の中に文吾《ぶんご》の子分がいたことである。

夜の街に繰り出そうと連れ立って歩いていた彼らは、文吾が一目置いている文弥の顔を見知っていた。

そして文弥を病院へ運ぶと同時に、ファーイーストホテルと文吾の元へ急を知らせに走ってくれたのだ。

セツは指の先で涙をぬぐうと微笑《ほほえ》んだ。

「本当によかったわ。文弥ちゃんの人徳ね」

「人徳というよりは料理の腕でしょうか」

セツがきょとんとしたとき、文弥に胃袋を摑《つか》まれた少年が廊下の向こうに姿を現した。


「来てくれたのか」

堂々たる体軀《たいく》の文吾が、弱々しい灯《あか》りの下で会釈をした。

だが、文吾は近づいてこず、何か言いたそうにしているので、明彦はセツに「すぐ戻ります」と言って文吾と一緒に病院の外に出た。

「どうしたんだい」

早速訊《たず》ねると、文吾の目に怒りが満ちた。

「ウェールズホテルの階段に針金が仕掛けられていました」

「何だって」

階段から落ちた文弥は、顔見知りである文吾の子分を見つけると、「階段に針金が張ってある」とだけ言って、そのまま気を失ったという。

「そいつ、勘助《かんすけ》って奴《やつ》なんですが、なかなか知恵が回ります」

勘助は仲間の中で、一番身体《からだ》の大きな少年を門番よろしく階段の下に立たせて、誰も上ることができないようにした。

文吾は知らせを受けるとすぐウェールズホテルに駆けつけ、外階段の最上段に針金が張られているのを見つけたのだった。

「あのホテルは空き家同然だと聞いてます。悪い奴が面白がって、そんな質《たち》の悪い悪戯《いたずら》をしかけやがったんだ」

文吾の顔が悔《くや》しそうに歪《ゆが》んだ。

「ありがとう、文吾。針金の件は、私も確認してから警察に伝えよう。――君も病院へ来たかっただろうに、先にホテルへ行ってくれたんだね」

文吾がうなだれた。

「勘助の奴が、命に関《かか》わることはないだろうって言ってましたし――それに俺なんかが来ても何の役にも立ちませんから」

「いや、君が来てくれて本当に助かった」

明彦は文吾のがっしりとした肩に手を置いた。

「君に頼みがある。これからしばらくの間、文弥に付き添ってくれないか」

「それは構いませんが――」

「文弥は罠《わな》にかけられたんだ。その針金は悪戯なんかじゃない。明確な悪意を持って仕掛けられたものだ」

文吾の顔色がさっと変わった。

「どういうことですか」

「私が病院へ来る前に、帳場で伝言を二つ受け取ってね」

ひとつはもちろん文弥が怪我をしたというものだったが、もうひとつはコックの戸川からだった。

「電報は間違いだったというんだ。実家に戻ったら、母親は元気にしていたそうだよ」

ご迷惑をおかけしたと、母親想《おも》いで律儀な戸川は生徒たちの家一軒一軒にお詫《わ》びの電話をしていたのだった。

「料理教室を中止させるために偽の電報を打ったということですか」

「そうだ。しかも、文弥以外の生徒はお屋敷に使用人がいるような女性ばかりで、電話をすればまず間違いなく伝わる」

だが文弥だけはいつものように午後の早い時間から外出しており、連絡を受け取ることができなかった。

つまり、文弥がすでに外出した後に中止の連絡が入るようにすれば、文弥ひとりだけがウェールズホテルへ行く可能性が高い。

「ですが、どうやって文弥の予定を知ったんでしょうか」

「文弥は毎日、時間割通りに動いている。それに話し上手で、年上の女性たちから滅法好かれているときてる」

以前、料理教室の女性たちをファーイーストホテルに呼んだ際、文弥はいつ何をしてどこへ行くのか、根掘り葉掘り訊かれていたが、笑顔を浮かべて楽しそうに答えていた。あの調子で話していたら、横濱中に文弥の一週間の予定が広まっていても不思議ではない。

「文弥の予定を知るのはそう難しくないはずだ」

だが、そうなると犯人を絞るのが難しくなる。

「一体、誰がそんなことを……」

そう言って、文吾が唇《くちびる》を嚙《か》んだ。

「これからそれを調べる。だが、いつまた文弥が襲われるか分からない。今は動けないし、君が守ってくれるなら安心だ」

「任せてください」

文吾が胸を叩《たた》いたのを見て、明彦は仁王《におう》様が来てくれたような気持ちになった。

「それにしても、今回は君の子分たちのおかげで助かったよ。やはり君から薫陶を受けているからだろうね」

文吾がぼんのくぼに手をやった。

「夜遊びばっかりしてるような連中で……。現場に来ても、寝不足でふらふらしてやがるんです。今日はもっけの幸いで」

そうだ、と文吾が横手を打った。

「文弥が大きな荷物を持ってたみたいで、うちの奴らが預かってます。受取証に先生のお名前が書いてありましたから、間違いないと思うんですが」

「それなら確かに私が今朝、文弥に頼んだ——」

言いかけて、明彦は思わず黙りこんだ。

何かが引っかかったのだが、それは形になる前に消えてしまった。

「どうかなさったんですか」

「いや、何でもないんだ。そんなところまで気を遣ってもらって申し訳ないね。いい店を知っているから、今度皆にご馳走《ちそう》しよう」

そう言うと文吾は慌てて手を振った。

「そんな立派な奴らじゃないんで。かえって先生にご迷惑です」

「それなら弁当を差し入れしようか。とびきり美味《おい》しい上に、『美女』が運んでくれるんだ。今の現場はどこだい」

何気なく訊ねたのだが、ふいに文吾の顔が曇ってしまった。

「今はさっぱりで」

何でも、いくつか仕事が入っていたのだが急に断られてしまったらしい。

「ひっぱりだこの君が珍しいね。君がいれば作業が倍も早く進むと聞いたよ」

「小耳に挟んだんですが……」

誰もが口を濁《にご》してはっきりとは教えてくれなかったのだが、文吾の古い知己である親方がこっそり聞かせてくれたところによると、文吾とその仲間たちの悪い噂《うわさ》が流れているという。

空き家に忍びこんで火をつけたとか、現場から資材をくすねて売り払ったというような内容で、噂を耳にした施主がひどく嫌がっているらしかった。

「とんだ中傷だね」

「というわけでもないんです」

文吾が苦笑いを浮かべた。

「もともと、ろくでなしの奴らが集まってるんです。ただ、俺と組むときは決まりを守れと言い含めてはいますが」

「君がどんなに信頼のおける少年か、皆が知っている。もちろん私もだ。そんな悪質な噂はいずれ消えるだろう」

「ありがとうございます」

文吾は深々と頭を下げた。

文弥の手術がうまくいったのを見届けた後、明彦は先にセツを帰した。

その後、ウェールズホテルの外階段を確認してから警察に届け、ファーイーストホテルに戻ってきたのは、深夜になろうとする頃だった。

扉を開けると、間接照明の淡い灯りの中にミツが立っていた。

「あの子は無事か」

「おかげさまで」

「そうか」

ミツがかすかに微笑んだのを見て、明彦はほっとした気持ちになった。

やはり神経が張り詰めていたようで、今さらながら疲れを感じた。

「お茶でも飲みませんか」

「あんたが淹《い》れるのか」

「文弥には及びませんが、悪くありませんよ。——お座りください」

ミツの前に茶碗《ちゃわん》を置くと、明彦も向かいの椅子に腰を下ろした。

二人はしばらくの間、黙って紅茶を飲んでいた。

部屋の片隅《かたすみ》に西洋洗濯屋の名前が書かれた大きな袋が置かれていた。

明彦たちが病院にいる間、文吾の子分がホテルまで運んでくれたのだろう。

明彦は茶碗と受け皿を置くと言った。

「手術が終わって麻酔が覚めたとき、文弥が最初に何と言ったかお分かりになりますか」

ミツが紅茶を飲む手を止めて明彦を見た。

「あの子は言いましたよ。『申し訳ありませんでした』と——」

その謝罪の意味が、明彦には痛いほど分かった。

怪我をして心配をかけたことや、手術や入院といった手続きの煩雑さに対して謝ったのではない。

文弥は、針金に足を取られた瞬間、これが自分を狙《ねら》った罠だと理解したのだ。

探偵という仕事をしている以上、明彦は人に恨まれて当然である。

彼らが明彦に、そしてその近くにいる人間に危害を加えようとする可能性は高い。

そして今、明彦は明確に「灯台」と敵対していた。

「灯台」の指示の下に行われているだろう事件をことごとく阻止してきた。

明彦が後顧の憂《うれ》いなく、全力で仕事をするために、文弥は自分で自分を守らなければならなかった。

守られるだけの立場では、お荷物にしかならないからだ。

文弥は自分が助手としての自覚に欠けていたことを謝ったのだ。

「探偵の助手など、文弥が望んでやっているのではありません。乳母の息子として断ることのできない立場のあの子を、私が勝手に巻きこんだのです」

「だが、それがあの子の望みだ」

ミツが茶碗と受け皿を置いた。

「あの子はあんたが好きだからな。どこがいいのか分からないが」

「え、そうですか」

思わず訊き返した明彦に、ミツが呆《あき》れた表情を浮かべた。

「相変わらず自信家だな」

ミツが席を立った。

「あの子に助手としての自覚がなかったというなら、あんたには覚悟がなかったな」

「覚悟？　人を守る覚悟ですか」

「あんたのまわりにいる人間が傷つくのを見る覚悟だ」

ミツの消えた扉をじっと眺《なが》めているうちに、彼が明彦を励《はげ》ますためにわざわざ来てくれたのだということに気づいた。


明彦は暗い寝室で目を覚ました。

いつもなら朝になると、文弥が窓掛けを引き、白湯《さゆ》を用意してくれるのだが、ここ数日はすべて自分でやっている。

義母が厳しく躾《しつ》けてくれたおかげで、明彦は坊ちゃん育ちの割に、身の回りのことはすべて自分でできるが、文弥のおかげで勘が鈍《にぶ》ってしまい、ひとつひとつに時間がかかる。

すっかり甘やかされたものだとため息をつきながらガウンを羽織《はお》り、扉の前に配達されている新聞を拾い上げると、応接室の椅子に腰掛けた。

新聞を開いて明彦は眉《まゆ》をひそめた。

またもや税関職員の関わった事件が報道されていたからだ。

しばらく前から、税関構内にある作業員の控室《ひかえしつ》で賭博《とばく》が行われていたとか、職員が泥酔したあげく通行人に怪我をさせたとか、密輸の取り締まりで名を上げていた税関の評判を下げるような記事が頻繁に載っていた。

そして今日はとうとう窃盗である。

しかも出来心といった程度のものではなく、組織的に行われていた悪質なものだった。

海外から輸入される品物はいったん税関の上屋へ陸揚げされる。

その中からいくらかの品物が頻繁に紛失する旨、水上警察へ内々に訴えが出ていた。

訴え主は旧居留地に店を構える英国のホプキンス商会である。

品物がなくなれば、商会は荷主に対して弁償しなければならないが、これまでにその金額は四千円に達しているという。

ホプキンス商会では、品物の取り扱いを依頼している運輸会社が怪しいと考えていたようだが、水上警察が調査したところ、同社の社員に加えて税関職員が深く関わっていることが明らかになった。

——其《その》責税関長に在り
今日の新聞では、記者が本橋《もとはし》の責任を厳しく追及しており、現在、この他にもいくつかの不祥事を調査しているとのことだった。

今頃、本橋は対応に追われているはずである。

場合によっては進退問題に発展するかもしれなかった。

子どもの頃から、血のつながらぬ甥《おい》の明彦を可愛《かわい》がってくれた叔父だった。

ここ横濱で探偵をやろうと思ったのは、ひとつには本橋がいたからである。

明彦が新聞を卓子《テーブル》の上に放り投げたとき、遠慮がちなノックの音が響いた。

「どうぞ」

入ってきたのはセツだった。

「先日は大変お世話になりました」

明彦が立ち上がって礼を言うと、セツは静かに首を横に振った。

「私はいいの。それより、文弥ちゃんがいなくてお困りでしょう。朝食を用意してきたのよ」

そう言ってセツは廊下に置いてあったワゴンごと、湯気の立ち上る食事を運んできた。

「余計なお世話かしらと思って、今まで迷っていたのだけれど――」

「ありがとうございます、マダム」

セツは卓子の上にカリカリのベーコンと黄金色の卵、ふっくらとしたパンに珈琲《コーヒー》を並べながら、ちらと新聞に視線をやった。

「本橋様はちゃんと食事をしていらっしゃるかしら」

「マダムはお優しくていらっしゃいますね」

「私は何もできないわ」

セツが手を止めた。

「文弥ちゃんのお見舞いに行きたいけれど、あの子は気を遣うでしょうし。第一、私が行ったところで治るわけじゃないから――」

「マダムのお心遣いは必ず叔父にも文弥にも届いていると思います。どうかいつもの笑顔を取り戻してください」

「本当にそうね」

セツが泣き笑いといった表情を浮かべた。

「嫌ね、何だか気持ちが落ちこんでしまって。こんなふうだから予約も大量にキャンセルされるんだわ」

そう言って、セツははっとしたように片手で口をおおった。

「そんなことがあったんですか」

「――ええ、でもたいしたことじゃないの」

「もしかして私と何か関係がありますか」

セツが唇を引き結んでうつむいてしまった。

「もしや探偵を住まわせているようなホテルは嫌だという客がいたのでしょうか」

「違うわ。そんなことじゃないの。ちょっとした誤解だと思うわ。何か良くない思いこみがあったのね。探偵だって、入江さんのような立派な方だって分かれば、誰も――」

「マダム」

「さあ、まずは食事をなさってね。お代わりが必要だったらいつでも呼んでちょうだい」

セツは逃げるように部屋を出ていった。

朝食を食べながら、明彦は考えた。

目の前にどんな問題があったとしても、食欲が落ちたことなどないし、ぐっすり眠ることもできるのが明彦の最大の取り得である。

数日前、文弥が怪我をした。

文吾は仕事を奪われ、本橋は部下の不祥事が噴出し、セツは予約をキャンセルされた。

こうまで続いて、それが偶然であるとは思えない。

「灯台」が裏で糸を引いている。

しかも明彦を直接狙うのではなく、その周囲にいる人物に危害を加えているのだ。

地味なやり方だが、それは確実に痛いところを突いてくる。

明彦ひとりのことならば、生来の図太さのおかげで、多少のことは気にならないが、周囲の人間に迷惑をかけるとなると話は別である。

偽札の輸出の際に、明彦に濡れ衣《ぬれぎぬ》を着せることに失敗した「灯台」は戦略を変えたのだろう。

「灯台」は横濱中に、蜘蛛《くも》の巣のように張り巡らせた耳と目を駆使して、明彦に嫌がらせを仕掛けているのだ。

このままではいずれ、明彦は横濱にいづらくなってしまう。

「『絶世の美女』を探すしかないか」

明彦はつぶやいた。

「灯台」の首領、そして——ミツの母親。

彼女は今も、この横濱で明彦の一挙手一投足に目を光らせているのだ。

だが攻撃は、これだけでは終わらなかった。


「しばらくの間、ミツを『御庭番』から外そうと思いましてね」

楠が背中を向けたままそう言った。

その日の午後、明彦は根岸《ねぎし》に広がる広大な庭園に呼び出された。

真夏の暑い日差しが地面に照りつけているが、木陰《こかげ》は思いのほか涼しい。

「何故《なぜ》ですか」

「『灯台』の首領と連絡を取り合っている――らしいのです」

「そう判断なさった根拠は」

「これです」

楠が振り返って二枚の紙を差し出した。

明彦はざっと視線を走らせた。

一枚目は折り紙ほどの大きさで、字はミツのものである。

内容は文弥の一週間の行動を詳細に調べ上げたものだった。

そしてもう一枚は短冊形の小さな紙に走り書きで、「了解　続報待つ　LH」と書かれてあった。

「これはどこで、どなたが手に入れたのでしょうか」

「場所は『みよし』で、見つけたのは板前の富雄《とみお》です。どちらも折り畳まれたまま、裏口に落ちていたそうです」

文弥を罠にかけるためには、彼の予定を詳しく知る必要があったが、明彦が文吾に説明したように簡単なことだったし、ミツならば文弥本人から直接訊くこともできるのだから朝飯前である。

そして短冊に書かれた「LH」は恐らくは「Lighthouse」の略——つまりは「灯台」である。

明彦は言った。

「少し出来過ぎのような気がしますね」

塀越しに裏口めがけて紙を投げこむことなど誰にでもできる。

しかも板前の話が本当ならば、ミツはうかつにも調べた手控《てびか》えを取っておいた上に、「灯台」の首領から受け取った手紙と一緒に落としたということになるのだ。

「あのミツさんがそこまで愚かとは思えませんが」

「しかし、こちらは間違いなくミツの字でしょう」

楠が折り紙大の紙を指差した。

「似ていることは私も認めますが——富雄さんはどんな方ですか」

「貴方《あなた》がそれをお訊ねになるのはもっともですが、富雄とは長いつきあいでしてね」

本人も実のある男だというが、何より彼の子や孫たちが揃《そろ》って楠の息のかかった店で働いているそうで、一族郎党が人質に取られているようなものである。

「なるほど。ミツさんの監視役にはぴったりということですか」

楠は池の水面に目をやった。

「私はミツを信じていますよ。何しろ白魚《しらうお》の育てた子ですからね。白魚はいい男でした。ですが――」

楠は言葉を切った。

「白魚は『灯台』に恩義がありました。そして『灯台』の首領はミツの母親です。そう何もかもあっさりと切り捨てることができるものでしょうか」

「私は過去を振り返らない主義なので」

楠がむせたように笑った。

「ええ、ええ。貴方ならきっとそうでしょう」

「ミツさんは何とおっしゃっていましたか」

「こんなものを書いた覚えはないと言っていました。だがそれを証明する術《すべ》はないと」

「どうしてそれをお信じにならないのですか」

「私はミツを信じていますよ。ですが、今の状況では仕方ありません。貴方を危険にさらすことになってしまいます」

今でも十分危険な目に遭っているし、楠もそれを承知しているはずだった。

腹黒い爺《じい》さんだ、とは思ったが、清濁併せ呑《の》む度量なくして、生ける伝説とまで呼ばれる存在になれるはずもない。

「ミツさんはどうされていますか」

「いつもと変わりありませんよ。『みよし』で働いています」

楠はミツに「手紙」の真偽を問《と》い質《ただ》している。

ミツが本当に内通しているなら、すでに「灯台」に楠の疑念が伝わっているわけで、そうなると逆に「灯台」はミツというカードを切ることができない。

疑われているミツの情報や行動など、楠が信じるわけがないからだ。

楠もあらゆる情報からミツを遠ざけているに違いなく、わざわざ軟禁する必要はない。

「いずれにしても、よかったですよ。『みよし』の弁当は美味しいですからね。閉店になったら、贔屓《ひいき》客ががっかりします」

「ミツと接触してはなりませんよ」

明彦は笑顔でうなずいた。


「馬鹿《ばか》か、あんたは」

女性の姿をしたミツは、明彦を見た途端、風呂敷《ふろしき》包みを叩きつけそうになった。

弁当を頼んでも、届け先がファーイーストホテルではミツが来るはずもないし、板前の富雄も目を光らせているに決まっている。

仕方ないので、縁起は悪いが、明彦は文弥が怪我をしたウェールズホテルの一階にあるホールを借り受けた。

適当な集まりが開かれることにし、その際に「みよし」の店員に給仕もしてほしいという注文を出したのだ。

ちなみに「みよし」に行ってもらったのは文吾の子分の勘助である。

「御前が言ったはずだ。俺と連絡を取るなと」

「ああ、おっしゃってましたねえ」

「だったらどうしてこんな真似《まね》をする」

ミツが睨《にら》みつけた。

「私は『みよし』のお弁当が大好きなんですよ。週に一度は食べないと調子が悪いんです。それを一方的に『接触するな』と言われても困ります」

明彦は湯呑《ゆのみ》茶碗にお茶を注ぎながら言った。

「ご覧の通り、『盆栽を世界に広める会』は存在しないので給仕をしていただく必要はありません。時間もお弁当もありますから、少しゆっくりしていきませんか」

「俺には見張りがついている。ここに誰も来なかったら、すぐに偽の集まりだと分かる」

「大丈夫ですよ。隣のホールで『根付を世界に広める会』をやっていますからね。さっきのぞいてきましたが、大変に盛況です。外で見ている限り、誰がどの部屋に入ったかなど分かりませんよ」

「よくもそう知恵が回るものだな」

ミツは椅子を引くと、明彦の向かいの席に乱暴な音を立てて座った。

「お茶をどうぞ」

「どうも」

「お弁当はいかがですか」

「二人でこんなに食べるのか」

「文弥の友人たちに食べてもらうことになっているので大丈夫ですよ。食べ盛りですからね、あっという間ですよ」

ミツはため息をついた。

「それで——早速で申し訳ないのですが、『灯台』の首領を見つけ出したいと思っているんです。手伝っていただけませんか」

「俺がそれを『灯台』に伝えたらどうする」

「ミツさんはそんなことしませんよ」

ミツが明彦の目をじっと見つめた。

「どうしてそう言い切ることができる」

「私がミツさんを信じているから、ではいけませんか」

「裏口に落ちていた手紙の件はどうする。あれは確かに俺の字だった」

「『みよし』のお弁当のお品書きはミツさんが書いたものでしょう」

人目を引くほど美しい字のせいか、品の良いご婦人が「これは貴女《あなた》がお書きになったの」などと訊ねているのを聞いたことがあるから、これまで何度もあっただろう。

「あのお品書きは印刷されて、あちらこちらに配られているはずです。ちょっと器用な人間なら、真似て書くくらいわけもありません」

ミツが黙りこんだ。

「ご自分でもそう思ったでしょう。どうして楠翁に言わなかったんですか」

「言い訳は見苦しい」

予想通りの答えに、明彦は思わず笑みを浮かべた。

「ミツさんのそういうところは大変好きですが、こういった場合は言うべきですよ」

「そう、かな」

ミツが少し唇を尖《とが》らせて、拗《す》ねたような表情を浮かべた。

「――何をにやにやしている」

「あ、いえ――何でもありません。とにかく私はミツさんが内通などしていないと信じていますよ」

「だが、それならどうして『灯台』は俺のことを知っていたんだ」

ミツは母親の顔を知らないし、白魚の話によれば母親もミツの顔が分からないという。

白魚はミツを堅気の世界に戻すため、嵐《あらし》の夜に逃げ出して、楠の元に逃げこんだ。

それ以来、ミツと母親の縁は完全に断たれたはずなのだ。

それなのに、どうして「灯台」はミツが姿を変えて働いている「みよし」の裏口に手紙

かと思うのですが」

を投げこむことができたのか。

「私にひとつの考えがあります。――恐らく、ミツさんも同じようにお考えなのではないかと思うのですが」

ミツの肩がかすかに震えた。

「私は白魚さんが『灯台』に教えたのだと思います」

「……何故そう思う」

「まず第一に、それをできる人間が他にいません」

「あの人はどうしてそんなことをしたんだ」

「私は白魚さんではありませんから正確なところは分かりませんが、想像することはできます」

白魚はミツのために「灯台」を裏切ることに決めたが、「灯台」にも強い恩義を感じていた。

その二つの想いの間で、白魚の心は揺れ動いていただろう。

「それに母親から子を奪うわけですから、申し訳ないというか、ためらいも大きかったのではないでしょうか」

ミツが片眉を上げげた。

「あんたでもそんなふうに考えるのか」

「一般論です」

滅多なことでは手出しできない楠総一郎の保護下に置いた後で、白魚はミツのことは諦《あきら》めてほしい、そっとしておいてほしいという願いをこめて、子の所在を「灯台」の首領である母親に伝えたのではないか。

「無駄だったな……」

ミツがつぶやいた。

ミツを育て、守り抜いた白魚に対して、ミツがどんな想いを抱いているか、これは容易に想像がつく。

白魚の能力をすべて受け継いだだろうミツが、敵討ちを考えてもおかしくない。

そして背後には横濱に対して強い愛着を持つ楠がいる。

いずれ彼らが手を組み、敵対するかもしれないと考えて、「灯台」は楠翁から目を離さなかったのではないか。

「これも私の想像ですが、ミツさんが御庭番となって『灯台』について調べ始めたとき、『灯台』ではすぐに白魚さんが連れて逃げた子だと分かったのではないでしょうか」

横濱中に耳と目を張り巡らせている「灯台」である。

素性の知れない女が「灯台」について調べているという情報はすぐに入っただろう。

「男性よりも女性のほうを警戒したと思うんですよ。何しろ、白魚さんは女性に化けるのが得意でしたから」

「その女と、『みよし』にいる女がどうして結びつく」

明彦は肩をすくめた。

「そこまでは分かりませんね。ただ、今回の一件から考えれば、『灯台』は何らかの方法でそれを知ったわけです。そうでなければミツさんを陥れることができません」

ミツが唇を歪めるようにして笑った。

「あんたの話には証拠がひとつもない。そんな推測ばかり並べなくても、俺が裏切っていると考えればすむ話だ」

「それは成立しませんね」

「何故だ」

「ミツさんは『灯台』に内通していない、と私が信じているからです」

「――分からないな」

ミツが途方に暮れたような顔をした。

「何故それを信じる」

「人を信じるのに理由が必要ですか」

「当たり前だろう」

「私はいらないと思っているんですよ」

「何故だ」

「私が信じると決めたから信じるんです。すべての責任は私にあります」

「勝手な話だな」

「そうでもありませんよ。私は本当に、ミツさんなら大丈夫だと思っているんです。私はこの通り呑気《のんき》ですが、分の悪い賭《か》けはしません」

「俺は──」

ミツはそう言うと目を伏せてしまった。

「俺ですら、自分自身を信じていない。自分がどうしてここにいるのか分からない。──この先、自分が何をするか分からない」

「では代わりに私が信じましょう」

明彦は手を伸ばしてミツの手を握った。

「ミツさんは必ず、ご自分が心から納得する道を歩みます」

ミツはしばらくの間、明彦の手をじっと見つめていたが、やがて乱暴に振り払った。

「いちいち触るな」

「それでこそミツさんですよ」

明彦は笑顔を浮かべた。

「何か手掛かりはあるのか」

弁当を食べ終えたミツが言った。

どんな状況下にせよ、きちんと食べ、そして眠ることができる人間は信用できる。

明彦は改めて、力のある人間と行動を共にできる幸せを感じた。

「文弥が階段から落ちた一件を検討してみたいんです。私と一緒に考えていただけませんか」

文吾、本橋、セツの件は、情報を操作するだけでよい。

緻密《ちみつ》な情報網を持つ「灯台」であれば、それこそ指先一本だけで可能だろう。

人づてに悪い噂を広めたり、見聞きした醜聞を新聞社に教えてやるだけでよい。

だが、文弥の場合は違う。

「ずっと何かが引っかかっているんです。でもそれが何なのか分からなくて……」

明彦は先週の木曜日の出来事をミツに詳しく話して聞かせた。

「ミツさんがお聞きになって、何か気になる点はありませんか」

「警察の見解はどうなんだ」

「悪質な悪戯です。詳しい捜査をする気はないようでしたね」

「電報を申し込んだ人間は分かっているのか」

「配達した局員は偽者でした」

一昨日、明彦は戸川を訪ねて電報を見せてもらったが、巧妙に偽造されたもので、急な知らせに動揺していた戸川が気づくはずもなかった。

届けた男がどんな顔だったか訊いてみたが、まったく覚えていないという。

「針金はどんな物なんだ」

「これといって特徴はありませんでしたが、しっかりと張られていましたよ。もともと薄暗い場所ですが、目立たないように色が塗られていました」

ミツが暗い声で言った。

「実行部隊の人間がやったんだろう。――白魚もそんな細工が得意だった」

戸川コックの下で働いている順一に確認したところ、中止の貼り紙は外階段の下に貼りつけておいたという。

そうしておけば、やって来た生徒がわざわざ階段を上る必要がないからだ。

だが、明彦が確認したときは、貼り紙は二階のレストランの扉に移されていた。

だからこそ文弥は何の疑問も持たずに階段を上ったのだ。

「恐らく、『灯台』の息のかかった人間が、ウェールズホテルの周辺にいたのではないかと思います」

そして貼り紙の場所を変え、文弥以外の人間が階段を上らないように見張っていたのではないか。

と、そのときだった。

ふいに扉が開いて、ひとりの女性が部屋の中に入ってきた。

「これはマダム」

「まあ、入江さん」

姿を現したのは織田八重だった。

顔を合わせるのは、不老不死薬事件以来だから、三ヵ月ぶりである。

白百合《しらゆり》のようにたおやかでいながら、その目は相変わらず生き生きと輝いている。

「どうしてこちらへ」

「どうってわたくし――『根付を世界に広める会』に参加していたのだけれど――」

八重は不思議そうな顔で辺りを見回した。

「それでしたら隣のホールですね。こちらは『盆栽を世界に広める会』です。先ほど散会してしまいましたが」

「いやだわ、場所を間違えてしまったのね」

白く細い指先を頬《ほお》に当てて、八重は顔を赤くしたが、その目は素早く明彦とミツを見て取ったらしい。

「そちらは『みよし』の方じゃないかしら。先日は美味しいお弁当をありがとう」

ミツは黙って頭を下げた。

「わたくし、お邪魔してしまったかしら」

「お気遣いいただきありがとうございます」

明彦は笑顔でそう言ったが、卓子の下でミツが明彦の足を蹴《け》った。

「入江さんが盆栽に興味がおありなんて知らなかったわ。今度、知り合いの植木会社をご紹介しましょうか。白耳義《ベルギー》特使のヴェルデ男爵もご贔屓なのよ」

「マダムは本当にお顔が広くていらっしゃいますね」

八重が笑った。

「暇を持て余しているものだから」

「是非ご一緒したいですね」

「こんな年寄りでもよかったら、おつきあいいただきたいわ」

「マダムに年寄りなどという言葉は似合いません」

八重が口元に手を当てて笑った。

「そう言っていただいて嬉《うれ》しいけれど、入江さんは私の下の息子とそう年が変わりませんよ」

華やかな笑顔を振りまいて、八重は部屋を出ていった。

「ミツさんは織田夫人とお知り合いでしたか」

「何度か注文を受けたことがある。顔まで覚えてもらっているとは思わなかったが」

「ミツさんくらい美しい方なら一目で覚えますよ」

「あんたと一緒にするな」

ミツが苛々《いらいら》した声で言った。

「織田夫人はお優しい方だ。お屋敷にうかがって、弁当を両腕に抱えて歩いていたら、『足元に気をつけて』と声をかけてくれた」

明彦は胸を張った。

「私なら代わりに運んで差し上げます」

「あんたは何を張り合っているんだ」

呆れて席を立ったミツが、空の弁当箱を片づけ始めた。

明彦はその様子を見ながら、今、交《か》わされた会話を頭の中で繰り返していた。

やはり何かが引っかかったのだ。

ふいに現れた織田八重。

彼女は場所を間違え、そしてミツに声をかけた。

顔が広い彼女は自宅に多くの人間を招待している。

そして弁当を運んでいたミツに声をかけた——。

椅子を蹴倒して立ち上がった明彦を見て、ミツが眉をひそめた。

「どうした」

「『灯台』の首領が分かりました」

詰め寄ったミツに明彦は言った。

「何だと」

「ですが証拠がありません」

八月も半ばに入り、明彦の叔父である本橋は夏季休暇を取った。

だが実は、醜聞が頻発したせいで身体を壊したことによる病気休暇なのだと書く新聞もあった。

その他にも、税関長に責任を押しつけて無理に休暇を取らせ、そのまま更迭《こうてつ》するのだと推測する記事もあった。

「しばらく叔父の家で過ごします」

明彦がそう言うと、セツは顔を輝かせた。

「ええ、ええ。是非そうなさるといいわ。本橋様は入江さんのことが大好きですもの。一緒にお過ごしになれば元気になるわ」

それから二週間、明彦は本橋の家で過ごした。

家族のいない本橋の屋敷には数人の学生が書生として住み込んでいたが、とにかくゆっくりしたいという本橋の意向を受けて他へ移るよう言い渡された。

女中も暇を出されたが、明彦が見かけによらず家事を一通りこなすので問題はなかった。

本橋にせよ、明彦にせよ、横濱では有名人だったから、近くに住む婦人たちがお茶会や夕食の誘いに来たが、明彦が「叔父の具合が悪いので看病しています」と言って断り続けたので、すぐに誰も来なくなった。

本橋の家はひっそりとしていた。

いつも鎧戸《よろいど》が閉じられており、テニスコートのついた庭に人影はなく、夾竹桃《きょうちくとう》の生け垣も色を失ったようだった。

税関長の病気は重いのだと、人々は噂し合った。

「お帰りなさい、入江さん」

明彦がファーイーストホテルの部屋に戻ってくると、早速、お茶を載せたトレイを持ってセツがやって来た。

「部屋の掃除と空気の入れ換えをありがとうございます、マダム」

「まあ、そんなこと。何でもないわ」

セツは嬉しそうに茶碗を並べ始めた。

「本橋様のお加減はいかが」

「明日から税関に復帰します」

「よかったこと。やっぱり入江さんと過ごしたのがよかったのね。文弥ちゃんの足も順調だとうかがいましたよ」

「お陰様で」

「これでもうすぐ何もかも元通りね」

明彦は首を横に振った。

「それは難しいと思います」

「まあ、どうして」

「私がこのホテルを出ていかなければならないからです」

セツがきょとんとした。

「探偵を——おやめになるの」

「いえ」

「もっと条件の良いホテルが見つかったとか」

「ここは本当に居心地の良いホテルでした」

「でしたら――」

「私も出ていきたくはありません。ですが、ここに住み続けることはできないのです。何故ならファーイーストホテルは閉鎖されるからです」

「――どういうことなの」

そのとき、扉が開いてミツが入ってきた。

「まあ、ミツさん。いらっしゃい」

セツは笑顔で声をかけたが、ミツは何も言わず、その場を塞《ふさ》ぐようにして扉の前に立った。

「マダム、お座りになりませんか」

明彦が声をかけると、セツは不思議そうな表情を浮かべたまま大人しく従った。

その向かいに座ると、明彦は静かに口を開いた。

「マダムはこの横濱に『灯台』という組織があるのをご存じでしょうか」

セツはうなずいた。

「お金を払いさえすれば、悪事を企《たくら》んでいる人間の手伝いをしてくれるというのでしょう。あちらこちらで聞いたことがありますよ。どこのお店に行けば、つなぎ役の人間と話ができるとか。――でもそれは作り話だわ」

「それが残念ながら事実なのです」

「驚いたこと」

「組織のトップは女性で、絶世の美女といわれています。彼女は闇《やみ》の世界に君臨し、この横濱に張り巡らされた耳と目を使って犯罪を支援しているのです」

セツは笑いを噛み殺して言った。

「まるでお芝居のようね」

「私もそう思いますが、この港街には相応《ふさわ》しいような気がしてなりません。美しく完璧《かんぺき》な作り話だけが、この街で存在を許されるのだと」

明彦は立ち上がると、床に置かれたままになっている大きな袋を持ち上げた。頑丈な作りで、クリーム色の地に鮮やかな青色で「HIGAKI」と書かれている。

「マダムはこれが何かご存じですか」

「何って――西洋洗濯屋さんの袋でしょう。檜垣《ひがき》さんは本村通りにあるお店ね。これから何か洗い物をお出しになるの？　誰かに持っていかせましょうか」

「結構です、マダム。これは洗い上がって戻ってきたものですから。――文弥が怪我をした日にね」

明彦は再び袋を床に置くと、部屋の中を歩き始めた。

「ずっと、何かが引っかかっていました」

捕まえようとしてもするりと手のひらをすり抜けてしまう何か——それはあまりにも当たり前で、何の疑念も抱かせないものだった。

だが、明彦の頭の中で何かが「違う、間違っている」とささやき続けていた。

それを名付けるならば、「探偵としての勘」とでもいおうか。

そして答えは意外なところからもたらされた。

ウェールズホテルで織田夫人が明彦たちのいる部屋に迷いこみ、ミツはこう言った。

——「織田夫人はお優しい方だ。お屋敷にうかがって、弁当を両腕に抱えて歩いていたら、『足元に気をつけて』と声をかけてくれた」——

明彦が重い荷物を運んでいるミツの姿を思い浮かべたとき、それがふいに文弥と重なった。

あの日、文弥は西洋洗濯屋の袋を抱えていた。

しかし、その姿を実際に見たわけではない。

「マダムは病院での私との会話を覚えていらっしゃいますか」

セツが頰に手を当てて眉根を寄せた。

「そう言われても——あのときは文弥ちゃんのことが心配だったから、よく覚えていないわ」

「それでは私がお教えします」

明彦は足を止めてセツに向き直った。

「思い出していただきたいのはひとつだけです。私が『転んだのは文弥にも責任があります』と言ったとき、マダムはこうおっしゃいました。『でも、あんなに大きな荷物を運んでいたら、足元がよく見えなくても仕方ないわ』」

セツは首をかしげた。

「そんなこと言ったかしら」

「おっしゃいましたよ、マダム。はっきりと覚えています。私は大変愚か者でした。すぐにその言葉の意味に気づくべきだったんです」

「――どういうことなの」

「申し上げましょう。マダムは『大きな荷物』を運んでいる文弥を見たはずはないのです」

文弥が西洋洗濯屋に背広を取りに行くことになったのは、木曜の朝に決まったことだった。

そしていつものように午前中は掃除、洗濯と家事をこなし、午後の早い時間にホテルを出た。

一方、セツは定例の会合に出席するため朝から出かけていた。

ホテルに戻っても、文弥はすでに出かけた後である。

「マダムには文弥が西洋洗濯屋に行くことを知る方法はありませんでした」

文弥は多くの店で買い物をすませた後、西洋洗濯屋に立ち寄った。

そこで背広を受け取り、大きな袋を肩にかけると、料理教室の会場であるウェールズホテルに向かった。

そして階段を上った――。

「文弥は西洋洗濯屋の袋を持ったまま転げ落ちましたが、病院には身ひとつで運ばれました。大怪我でしたから、そんな荷物のことなど誰も構っていられなかったでしょうし、文弥を助けてくれたのはあの子の知り合いでしたから、彼らは後で届ければいいと考えたのかもしれません」

つまり、病院に駆けつけたセツは、そこでも西洋洗濯屋の大きな袋について知ることはできなかったのだ。

「マダムはどこで、文弥が『大きな荷物』を持っている姿を見たのでしょうか」

スミス商会の店員は運び方が丁寧で、といったことまで話をしていたのだから、セツは文弥が木曜に買い物をした後は、買った物を店の人間に届けさせることを知っていただろう。

それなのに、まるで見ていたかのように、「あんなに大きな荷物を運んでいたら」と言ったのだ。

「そしてここが肝心なのですが、もし文弥を見かけていたとしたら、どうして呼び止めて、料理教室が中止になったことを伝えなかったのでしょうか」

文弥が西洋洗濯屋で品物を受け取ったのは料理教室へ行く直前だから、セツが文弥を見かけたのはそれ以降ということになる。

むろんセツは、そのときすでに料理教室が中止になったことを知っていた。セツが本村通りへ行くことは不思議でも何でもないが、彼女は文弥に声をかけなかった。

それが不可解極まりない。

ウェールズホテルに向かっている文弥が無駄足になるのを分かっていながら、彼女は黙って見送ったことになる。

「お答えいただけますか、マダム」

セツが困ったように言った。

「あのときは仕方なかったんですよ。大事なお客様に捕まって立ち話をしていたものだから、文弥ちゃんを見かけても声をかけられなかったの」

「その『大事なお客様』のお名前を教えていただけますか。あの日、本村通りでマダムと話をなさったかどうか、その方に直接、確認させていただきます」

「もう横濱を離れていらっしゃって――」

「世界中のどこへ行ったのであっても連絡を取ります」

それは劇的な変化だった。

多少押しつけがましいところはあるが、お人好《ひとよ》しで世話好きの女主人であったセツの顔つきが一変していた。

その目は冷たく光り、温かみを感じさせる表情は消えていた。

明彦は背筋が冷えるのを感じた。

「入江さんは何をおっしゃりたいの」

「料理教室が中止になるよう偽の電報を送り、ウェールズホテルの階段に針金を仕掛けて文弥に大怪我を負わせたのは貴女だと申し上げています」

どんな理由かは分からないが、セツはあのとき本村通りにいた。

そして文弥を見かけても声をかけなかった。

その理由はひとつだけだ。

つまり、セツは文弥をウェールズホテルへ行かせたかったのだ。

「本当に恐ろしいと思います。陽気で親切なマダムが『灯台』の首領とは」

「何て怖いお話」

「まあ、私が」

「『灯台』の組織は非常に細分化されています」

情報提供者ならば、耳にした話を定められた場所や人間に伝え、実行部隊であれば指示を受けた通りに動けばよい。

それだけで報酬を得ることができるし、何も知らずにすむ。

今回の一件であれば、階段に針金を張る人間、電報を届ける人間などに分かれ、全体のつながりが分からないようにしてあっただろう。

全体像を知っているのはトップにいる人間ただひとりだ。

セツは横濱では名の知られた、顔の広い人物である。

知ってか知らずか、一情報提供者として『灯台』と関わりを持っていた可能性はある。

だが今回の彼女の行動はそれに止《とど》まらなかった。

「あのとき、文弥に声をかけ『ない』という判断ができたのは首領ただひとりです。文弥を階段から落とすという筋を書いた貴女だけです」

「どうかしらね」

セツは小さく微笑んだ。

「私は本当に病院で何と言ったか覚えていないの。動揺していたから自分でもよく分からないことを口走ったかもしれないけれど――」

「常盤《ときわ》座でキヨさんが佐吉《さきち》さんの死を知らされた日、マダムはあの場にいらっしゃいました。歓送会の日、私の鞄《かばん》に阿片《あへん》を入れるのもマダムなら朝飯前だったでしょう」

「常盤座にもこのホテルにもたくさんの人がいたわ」

「おっしゃる通りです。私はささいな発言ひとつで貴女に疑いをかけました。しかし証拠がない」

「その通りよ」

「仕方がありませんので――」

明彦はセツを見据えた。

「私は『灯台』に依頼を出しました」

まず、明彦は、本橋に夏季休暇を取るよう頼んだ。

ただし、単なる夏休みではなく病気療養のためだと思われるようにした。

「文弥が入院しているこの時期に、私が長い間姿を消せば、貴女は私が何か企んでいると見抜くでしょう」

明彦がファーイーストホテルを離れていてもおかしくない理由を作る必要があった。

だが、横濱中に「灯台」の情報網が張り巡らされている。

本橋には、わざわざ東京で偽の診断書を作ってもらった。

「叔父は責任感が強く、心の優しい人です。醜聞続きで身体を壊してもおかしくありません。貴女はそれを信じていましたし、そして私が叔父を大切に思っていることも、マダム、貴女はよくご存じでした」

変装した明彦は、「灯台」の息がかかっているとされる店を夜な夜な飲み歩いた。

「ミツさんには及びませんが、変装は得意なんです。米国仕込みですよ」

だが、長い時間はかからなかった。

うまい儲《もう》け話に力を貸してくれる人間はいないか——小声でそうささやいただけで、ひとりの男が「力になってやれる」と近づいてきた。

呆気《あっけ》ないほど簡単に接触できたが、「灯台」は依頼人の素性を洗っている。

「マダムのように桂庵《けいあん》を持っていれば、もっと楽に必要な人材を集めることができたのでしょうが、私は顔の広いある少年に頼みました。私の希望に合致する男がいないかとね」

横濱ではあまり顔を知られていないが、明彦と体格の似た、借金で首が回らなくなっている船員はいないか。

文吾はあっさりと見つけ出してきた。

借金漬けで横濱に流れこんでくる船員は掃いて捨てるほどいるという。

明彦はその男に金をやって身分を借り、しばらくの間、横濱から離れてもらった。

そして「灯台」に依頼を出した後、安宿に泊まって連絡を待ち続けたのだ。

「風は通らないし、不潔だし、心底、ファーイーストホテルが懐《なつ》かしいと思いましたよ」

今回、店で明彦に声をかけてきた男について調べたり、その後をつけることはしなかった。

確実に首領へ依頼を届けてもらうことが目的だったから、わずかでも疑われたくはなかったのだ。

第一、最終的に誰の手に届くか分かっているのだから、無理をする必要はない。

「そして先日、ようやくこれが届きました」

明彦は胸元から封筒を取り出した。

「届いたまま保管しています。中に入っているのは貴女がお書きになった指示書だ。『灯台』との約束では、必ず焼き捨てることになっているそうですね」

　これまで首領の書いた指示書が世に現れなかったのは、悪党には悪党なりの理《ことわり》があるということかもしれないし、約束を破ったときは「血の制裁」を受けてもらうという脅迫――だけではなく実行されてきたのだろうが――が効果を上げてきたからかもしれなかった。

「それがどうして私が書いたと分かるのかしら」

　明彦はセツに向かって手のひらを広げてみせた。

「マダムは指紋というものをご存じですか」

　セツは答えなかった。

「マダムもご自分の指の先をご覧になってください。細い線が見えるでしょう。それが指紋です」

　セツが手のひらをじっと見つめた。

「恐らくただの渦巻きにしか見えないと思いますが、これには大きな特徴があるんです。つまり、すべての人間が違う指紋を持っているという――」

　セツがゆっくりと顔を上げた。

「マダムほど頭の切れる方であれば、もうご理解いただけたと思います。この世に同じ指紋はひとつもありません。つまり、ある物に触れた人間が誰なのか特定することができるのです。日本でも証文に拇印《ぼいん》を押してきた歴史がありますね」

　そして、と明彦は続けた。

「たとえ目に見えなくても、触れた物には指紋が残っているんです。現象薬《げんしょうやく》と呼ばれる薬を使えばくっきりと現れてきます。紙は採取しやすいですよ」

明彦は封筒を掲げてみせた。

「私が働いていた米国の探偵事務所では当たり前のように使われていました。おかげで私も指紋採取法には詳しくなりましたよ。現在、現象薬として使用されている十六種の薬品はすべて手元に揃っています」

そう言って明彦は応接室の棚に並んだ硝子瓶《びん》に目をやった。

「ただ、日本の捜査においては、まだ正式に採用されていません。叔父は司法省の『犯罪人異同識別取調会』の会員のひとりで、この会では指紋法の導入を検討していますが、監獄の受刑者の指紋採取が始まるのでさえ、来年以降になると思います」

明彦は言った。

「マダム、貴女の指紋は簡単に取ることができました。領収書にも、郵便物にも、いくらでもありましたからね。私はそれらの指紋とこの指示書の指紋を比べて、確信しました。貴女が『灯台』です」

セツが目を閉じた。

「それでも貴女を捕らえることはできないでしょうね。貴女は自ら罪を犯したわけではありません。ですが、警察が貴女を見張り続けるとしたらどうでしょう」

横濱中からセツへと情報が届けられる経路は無数にあるだろうし、何人もの人間が関わっているだろう。

だが、セツから「指示書」が出されると分かった今、いずれその経路もすべて見つけ出されてしまうだろう。

そしてそのことは闇の世界に広まっていき、「灯台」に犯罪のコンサルタントを依頼する者はいなくなる。

警察が常に目を光らせている人間に、誰が犯罪の助太刀を頼むだろうか。

たとえセツが自由の身でも、正体が分かってしまえばその力は失われるのだ。

「――おしゃべりな役は難しいわね」

セツは目を開くと、まるで他人事《ひとごと》のように言った。

「黙っているのが一番いいのよ。そうすれば余計なことを言わずにすむ。知っていることを言わずにいるというのはとても難しいわ」

「帳場の方からうかがいました。マダムが本村通りに出かけたのは、宿泊客から急ぎの洗濯を頼まれたからとか」

明彦の背広が急に必要になったのも、ホテルの従業員の手が空かず、セツが代わりに西洋洗濯屋に出かけたことも、ひとつひとつはささいな出来事だった。

だが、セツは文弥を見かけてしまい、見たがゆえに、それを口にした。

心配している様を装うために、思わず口走ってしまったのだ。

「悪魔のような偶然だったわね。これがお芝居なら面白いけれど」

セツはやれやれというように首を振った。

「あの人は今頃、怒っているわね。黒子《くろこ》は表に出てはならない、役者の真似などもっての外というのが口癖《くちぐせ》だったもの」

「見事な役者ぶりでしたよ。おまけにマダムは気配を殺すことさえできた」

「それはたまたまよ。あの人が書いているのをのぞき見ようとして毎日続けていたから」

セツは静かだった。

まるで冬の海に月がかかっているように冴《さ》え冴《ざ》えとしていた。

「絶世の美女」という噂もあながち誇張《こちょう》ではなかったのだろう。

鉄の意志と刃《やいば》のような知力は、人を内側から輝かせる。

今も、諦めや自暴自棄などまるで感じさせず、ただ計画が破綻したという事実を淡々と受け止めていた。

この冷たさこそが、長きにわたり裏の世界から横濱を操り続けた力の源なのだろう。

今さらながら明彦は、これがあのセツと同一人物だろうかと思った。

お節介《せっかい》で賑《にぎ》やかな女主人を、完璧なまでに演じていただけ――これが彼女の真実の姿だった。

セツは言った。

「楠様はお喜びになるわね。この美しい横濱から病巣を取り除くという願いが叶《かな》って」

「マダムはどうして楠翁のことをご存じだったのでしょうか」

「ずっと前から知っていたわよ。白魚が教えてくれたもの」

「灯台」の実行部隊として、長い年月、気の休まらぬ日々を過ごした白魚は心身ともに疲れ果て、自分の命が長くないことを知っていた。

そんな事情も相まって、白魚はミツを連れて逃げたのだろう。

白魚はミツを諦めてくれと言って寄越した。

加えて、横濱を自分の分身のように思っている楠は、いずれ警察に任せるだけでは飽き足らず、私設軍隊のようなものを作り、「灯台」に敵対するようになるだろう、と。

「最後まで律儀な人だったわ」

小さく微笑んだセツを見て、明彦は訊ねた。

「白魚さんは恨んではいないのですか」

「どうして」

「貴女の――」

明彦は珍しく言い淀《いよど》んだが、代わりにミツが言った。

「俺を連れて逃げたことを怒ってはいないのか」

「怒る理由なんかないわよ」

セツが肩をすくめた。

「私が白魚の考えや心情を正確に読み切ることができなかったのだもの。彼の忠義心より、預けた子どもへの可愛さが勝るとまでは思わなかったの。白魚はあの人に心酔していたから——」

でも、とセツが続けた。

「自分の子を白魚に預けると決めたのは私。育ててほしいと頼んだのも私。その上、見張りまでつけていたのに逃げられてしまったのだから、言い訳もできない失策だったわ。怒るというなら自分自身によ」

「あんた——」

ミツがセツをじっと見た。

「俺が息子だと知っていたんだな」

「ええ」

「何故だ。そもそも、『みよし』にいる女があんたの息子だと、どうして分かった」

「難しい話じゃないわ」

セツは桂庵をやっていたが、働きたいという希望者を待つだけでなく、自ら良い人材を探してもいた。

たとえば、美味しいと評判の店を訪れて、腕の良い料理人を勧誘するといったようなことだが、その中に「みよし」もあった。

「『みよし』のお弁当は、どこかで食べた味だと思ったのよ。盛り付けにも見覚えがあったし」

料理人の素性を調べてみたが、これほどの弁当を作るにしては特に目立った経歴はなかった。

それでも何度か食べているうちにセツは思い当たった。

「楠様のお屋敷で食べた料理だってね」

白魚がミツを連れて逃げてから、セツはずっと楠の動向を注視し、周囲の人間の素性も調べ上げてきた。

「楠様は富雄さんの腕前に惚《ほ》れこんで、ずっとそばから離さなかった。いつでも好きなときに、彼の料理を食べることができるようにね」

その富雄がいつの間にか楠の屋敷から消え、素性を隠し、小さな弁当屋で働いている。セツが調べても、弁当屋の持ち主は東京の人間だということしか分からなかった。

「でも、富雄さんがいるというだけで十分よ」

「みよし」の裏には楠がいるに違いなかった。

すでに隠居して久しい楠が、今さら弁当屋など始めるのだから、その店は楠にとって特別な店に違いなく、白魚が予想していた、私設軍隊の隠れみのである可能性が高い。

そしてまた、そこで働いている女もただの店員であるわけがなかった。

「その女は恐らく、白魚が連れて逃げた子だと当たりをつけたのよ」

女に化けるのが得意だった白魚に育てられたのだし、年恰好《としかっこう》も合う。

おまけに、そう育てるように頼んだのだから、荒っぽい仕事は得意のはずで、うってつけの人材だった。

セツはミツに顔を向けると言った。

「貴方を連れて逃げたのなら、白魚は恐らく『灯台』に二度と関わるなと言ったのでしょう」

「ああ」

「でも、白魚は『灯台』に殺されたようなものだから、貴方は敵を討とうとする確率のほうが高いでしょう。私が脚本を書くとしたら必ずそうするわ」

おまけに背後には楠がいるのだから、まさに舞台は整っている。

「それから、入江さんを訪ねていらしたミツさん」

不老不死薬の事件以降、セツは明彦から目を離さなかった。

突然、明彦のそばに現れたミツに対しても然りである。

文弥が説明した通り本橋は何人かの学生を預かっていたが、セツが本橋の屋敷で働く使用人に探りを入れても、皆さすがに口が堅いし、おまけに学生は出入りが激しいのではっきりとしたことは分からなかった。

だが、ある点がセツの注意を引いた。

セツは何度かミツの後をつけさせたが、いつもまかれてしまったという。

「優れた職人はその腕前を隠せないのよ。富雄さんが街中の弁当屋とは思えないほど美味しいお弁当を作ってしまったように、貴方も後をつけられるようなへまはしなかった。だから、ただの学生ではないと思ったのよ」

白魚の女に化ける技術を間近で見てきたセツが、「みよし」の女店員とミツを結びつけて考えるようになるのに時間はかからなかった。

普通なら男と女が同一人物だなどと考えもしないだろうが、そうだと思ってみれば、「二人」の顔立ちはよく似ていた。

この段階で、ミツの正体と、明彦が楠翁に協力していることは、セツに知られていたのだ。

「内側からかく乱しようとして、筆跡を真似た手紙を投げこんだのだけれど、失敗してしまったわね。貴方がたが今一緒にいるということは、入江さんは貴方を信じたということだもの」

明彦は小さく微笑んだ。

「私の実の母親はちょっと変わっているので、世の中にはいろいろな母親がいるし、母子関係も様々だということを知っているんです」

「まあ、そうなの。——私の調べが足りなかったわね」

セツが小さくため息をついた。

「あの人に聞かれたら叱《しか》られてしまうわ。手を抜くなって」

「どなたのことですか」

「私のお師匠様よ」

そう言ったセツの表情がぱっと変わった。

その花のような笑顔は、舞台が反転したような鮮やかさだった。

「その方がミツさんのお父さんですか」

「まさか」

セツが噴《ふ》き出《だ》した。

「どうやって子どもができるの。あの人は女だったのよ」

「ははあ——」

セツはミツに向かって言った。

「貴方の父親の名前はもう覚えてないわ。でも頭のいい人で、いろいろと教えてくれたから、脚本を書くとき助かったの」

「それは何より」

「だから貴方にも手伝ってもらえると思ってたんだけど」

「不肖の息子ですまなかったよ」

ミツが無表情に答えた。

「そうそう、あの人のことだったわね」

セツの声は明るく弾んでいる。

「もともとこれは、あの人のお父さんがしていたことなの」

狂言の作者であり、戯《げ》作者《さくしゃ》だった父親の手伝いをしているうちに、娘は父親以上の才能を見せ始める。

名前は勝《かつ》。

彼女は、病《やまい》のために筆を執ることができなくなった父親の代わりに、すべての脚本を書くようになっていった。

長い間、父親の代理を務めてきた勝は、男の姿で文机《ふづくえ》に向かうことが多く、文字や文章、話し口調まで男のようだった。

近くに住む若い娘たちが、贔屓の役者にでもするように、しょっちゅう勝を取り巻いては騒いでいたという。

「私はあの人の父親の看病をするために連れてこられたの」

セツの実家はひどく貧しく、奉公とはいいながら、半ば捨てられたような形だった。

奉公先がどんなに厳しくても帰る場所はない。

だが、どうでもよかった。

セツは何の望みも持っていなかったからだ。

「でも私はそこで幸せになってしまったのよ」

セツの目は輝いていた。

「文字も、脚本を書くことも教えてもらって――あの人は褒めてくれたの。お前は凄《すご》いって」

暗闇に差した一条の光――。

生まれて初めて生きる意味を与えられたセツは、その眩しさに茫然《ぼうぜん》となった。

勝の父親が亡くなると、セツは勝についてひたすら学び続けた。

勝はいつも言っていた。

この面白さがお前に分かるかな――その熱っぽい声、目の輝きを見るのが、セツは大好きだった。

「勝さんは今どうされているんですか」

「死んだわ。事故だと聞いたけれど」

セツの目が遠くを見るように細くなった。

「詳しくは知らないのよ。私もすぐに後を追うつもりだったから、どうでもよかったの」

だが、いつものように依頼を受けたとき、セツの手は勝手に脚本を書いていた。

自然に手が動いていた。

そして書き終えたときに分かったのだ。

――私は今、あの人と一緒に生きていた。

書き続けてさえいれば、セツの中で勝が死ぬことはない。

セツが開港で賑わう横濱に来たことも、ここで旅館業を営むようになったことも、すべては流れに従ったまでだった。

どうすれば勝と一緒にいることができるか、それだけを考えてきた。

「あの人の言っていた面白さはとうとう分からなかったけれど、私はずっと幸せだったわ。書いているとき、私はあの人のそばにいたから」

「まわりは迷惑しましたよ」

明彦は言った。

「貴女は『灯台』のために利用しようとしてミツさんを産み、他人に預けた」

「ええ」

「邪魔な私を横濱から追い出すために、文弥を罠にかけた。もしかしたら文弥は死んでいたかもしれません」

「そうね」

セツは両手で顔をおおった。

「でも、そんなふうにしか生きられなかったわ。私は自分に嘘をつかなかった。だから後悔はしていないの」

そう言ってセツは背もたれに背中を預けた。


ファーイーストホテルは閉鎖された。

女主人であるセツが急死したからである。

——あの日、文弥は明彦に頼みこんで隣室に潜んでいた。

椅子にもたれかかったセツの唇の端《はし》から血が流れたのを見ても、明彦とミツは動くことができないでいた。

セツは顔をおおったとき、指の先から毒薬を口の中に滑《すべ》りこませたのだった。

「ああなることは分かっていた」

明彦が別のホテルに引っ越した後、二人は久しぶりにミツに会った。

海から吹く風は強く、ミツが着ているシャツの襟を揺らしている。

季節はすでに長月に入り、文弥はすでに松葉杖《まつばづえ》なしで歩くことができるまでに回復していた。

「あの女は『灯台』として脚本を書くために生きてきたんだ。それが失われたら死ぬしかない」

「ですが……」

文弥にも明彦の気持ちが分かった。

できることなら、息子の目の前で母親を死なせたくはなかったのだ。

ミツは切れ長の目を見開いた。

「あんたがそんなことを気にするのか」

「人を何だと思っているんです」

「そりゃすまなかった」

ミツは小さく笑うと、風に向かって波止場を歩き始めた。

明彦と文弥もその後を追った。

ミツが言った。

「あの女はとっくに縁の切れた人間だ。向こうもそれが分かっていた。母親として愛せ、と言われたら困るが、ものの考え方は悪くないと思った。一緒に仕事をしたら、案外うまくいったかもしれない」

「怖いことを言わないでください」

「――あんた、信じるか」

　ミツが訊いた。

「何をですか」

「あの女が言ったことだ」

　文弥もセツの言葉を思い出していた。

「あの人」と一緒にいるためだけに筆を執り続けた、とセツは言った。

　脚本を書いている間は生者と死者の間の壁が取り払われ、現実には存在しえない人物がここにいると信じることができる――。

「この街にはぴったりですよ」

　明彦は足を止めると街を振り返った。

「ここは美しく創《つく》られた港街です。作り話のような話こそが相応しいと思います」

　ミツも同じように目をやった。

　数十年前には形さえなかった赤レンガの街並みが目の前に広がっている。

「正直言って、あんたがいてくれて助かった」

　ミツが明彦のほうを見ずに言った。

「あんたみたいに呑気な人間を見ていると、あれこれ考えるのが馬鹿らしくなったからな」

「それではこれから友人らしく、海岸を散歩したり、気の利いた料理屋で食事しませんか」

「あんた――」

ミツは顔をしかめて明彦を睨んだが、ふっと笑った。

「いいだろう。ただし、この子も連れてな」

ミツが文弥の肩に手を置いた。

「子どもを甘やかすとろくなことになりませんよ」

「甘やかされているのはあんただろう」

ミツが笑った。

その明るい響きが、潮風に乗って海に溶けていった。

この作品は、書き下ろしです。

〈著者紹介〉

三木笙子（みき・しょうこ）

1975年生まれ。秋田県出身。2008年、第２回ミステリーズ！新人賞最終候補作になった短編「点灯人」を改稿、連作化した短編集『人魚は空に還る』でデビュー。「帝都探偵絵図」シリーズとしてシリーズ化を果たす。他の著書に『水の都　黄金の国』『月世界紳士録』『帝都一の下宿屋』『月の王子　砂漠の少年』などがある。

赤《あか》レンガの御庭番《エージェント》

2019年２月20日　第１刷発行　　定価はカバーに表示してあります
2019年３月20日　第３刷発行

著者……………………………三木笙子《みきしょうこ》

発行者…………………………渡瀬昌彦
発行所…………………………株式会社 講談社
〒112-8001 東京都文京区音羽2-12-21
編集03-5395-3506
販売03-5395-5817
業務03-5395-3615

本文データ制作……………講談社デジタル製作
印刷……………………………豊国印刷株式会社
製本……………………………株式会社国宝社
カバー印刷…………………株式会社新藤慶昌堂
装丁フォーマット…………ムシカゴグラフィクス
本文フォーマット…………next door design

ISBN978-4-06-514705-4　N.D.C.913　252p　15cm

講談社
タイガ

風森章羽

水の杜《もり》の人魚
霊媒探偵アーネスト

イラスト
雪広うたこ

喫茶店《リーベル》店主の佐貴《さき》には変わった友人がいる。誰もが息を呑む美貌の青年、アーネスト・G・アルグライト。名門霊媒師一族の末裔だ。店には霊にまつわる相談事を持って訪れる客が後を絶たない。取り壊しを控えたアパートの大家が持ち込んだのは、一夜を明かした人間に必ず同じ「池の夢」を見せる部屋の謎。現場で二人が目にしたのは、気を失っている美少女で……⁉

講談社タイガ

《最新刊》

ギルドレ（1）
有罪のコドモたち

朝霧カフカ

『文豪ストレイドッグス』の朝霧カフカが紡ぐ超ド級エンタメ冒険譚！
世界を救った少年は、神か悪魔か救世主か……!? 漫画化も決定！

ことのはロジック

皆藤黒助

元天才書道少年・肇が恋したのは日本語を愛する金髪転校生・アキだった。「月が綺麗ですね」を超える告白をして、失った青春を取り戻せ！

赤レンガの御庭番《エージェント》

三木笙子

明治末の横濱。米国帰りの探偵と謎の美青年が「御庭番《エージェント》」として絶世の美女率いる闇の組織「灯台」と対峙する。